方集出版社

稻浪
嘉南平原

——拙耕園瑣記系列之肆

我願藉此機會回視自己走過的足跡，
翻閱一頁頁我飄泊生活的時光記憶。

陳添壽——著

自 序

　　這書裡蒐集的主要是起於 2018 年 4 月 11 日至 2019 年 8 月 7 日止，我陸陸續續以【嘉南記憶】為主題發表在 FB 的系列，記憶我家鄉稻浪嘉南平原的文字，總計約在百篇以上。

　　嘉南平原早期以生產稻米、甘蔗，和少量的甘藷。現在則以生產稻米為主，素有「臺灣穀倉」的美譽。嘉南平原的生活圈主要以雲林、嘉義、臺南等三縣市為活動範圍，其面積大於我之前所常記述「臺南府城」和「下茄苳堡」的軼事。

　　嘉南平原一覽無遺的廣闊種植稻米，特別是孕育著、滋養著我生長和家鄉親情的許許多多難忘回憶。我的平原我的思念，可惜的是，我並沒有足夠的才華，我既不是詩人，也不是散文家，我只是服膺 20 世紀美國著名文學家海明威（Ernest Miller Hemingway）說的：「最好的寫作，注定來自你愛的時候，每一個字都敲擊你，彷彿它們是剛從小河，撈上來的石子。」

　　海明威的這句「來自你愛的時候」，總是不斷震撼著我的生命，觸動著要我去書寫的最大動力。廣闊平原有我留下奔跑的足跡，尤其是在父親過世的 20 年之後，而在母親晚年體力已漸衰退的日子，更是激發我要以最貼近母親心靈的方式，聆聽她的內心世界，嘗試記述她點點滴滴的一生，來崇敬與懷思於 2019 年以嵩齡 102 歲離開我們的母親。

本書一共包括四大部分：

第一部分〔文青記憶〕，從〈稻浪嘉南平原〉到〈創業甘苦〉等 10 篇。其中〈閱報啟蒙〉、〈書櫥聯想〉、〈理想與現實〉、〈中央廣播電臺結緣記〉等，曾先後發表於早期的報紙副刊或其他刊物。現在我將這些文字記述下來的最大意義，是它記憶著我在稻浪嘉南平原的一段成長歲月。它有過我始終揮之不去，那青年時期嚮往學術報國與追求文學創作的心思歷程。我在〈稻浪嘉南平原〉和〈創業甘苦〉的兩篇較長文字，特別記述了 1970 年代中期在我的即將從軍中退伍下來時刻，當我人生面臨掙扎選擇就業與學業的兩難心境。

其實我並沒有優異條件給我做太多的選擇，在那個年代我們大學念圖書館學系畢業的同學，功課好和家庭經濟比較許可的同學大都出國念書去了，平凡如我者則答應了與同學一起創業。

這其中的艱辛我透過文字書寫，記述那段我打拼的甘苦，現在我不能用對或錯的二選一方式來作結論，我只能說我們都必須好好珍惜每一次來臨的工作機會，有些寶貴經驗的累積，豈是日後有否必要去反悔「塞翁失馬，焉知非福」的幸運？

第二部分〔家族記憶〕，從〈祖厝的共同記憶〉到〈嘉南記憶臉書卷尾語〉等 70 篇，其內容主要是以父母親的一生為題材，記述他們的生活智慧和堅忍精神。這相處時光裡總讓我有道不盡許許多多的親情與鄉情，感受真有如「唯有穿鞋的人才知道的是哪一處會擠腳？」，而母親享有高齡歲月的獨特人生體驗，正是她老人家留給我們最珍貴的資產。

第三部分〔師友記憶〕，從〈圖書館週的記憶〉到〈胡適、瓊瑤與林志玲〉等 21 篇，全是我這二年來發表於 FB 的文字。這些斷斷續續記述下來的文字，有的寫我尊敬老師、有的是賢長者、有的是好朋友、有的是熱情鄉親，我是多麼盼望能從這良師益友的為學與處世中，不斷地學習和增長自己。

在我眼裡所謂的「往來無白丁」，盡是嘉南平原孕育我的年少輕狂時期，讓我的鄉間生活過得那麼多采多姿。稻浪嘉南平原生活也陪我度過了許多漫長孤寂的夜晚，更豐富了我的閱讀、學思與書寫的人生。

第四部分〔詩的記憶〕，計收 45 首，是我文青階段熱愛胡適、徐志摩等人，學習他們在 1930 年代獨領風騷的白話文寫詩，記述我 1970 年代那屬於年輕浪漫，憧憬自由愛情的充滿理想時代，到了古稀的年紀也更加深信在自己的靈魂深處，總有一處隱藏的景緻，是自己終其一生都在尋找的。

陸游有〈夜吟〉詩：「六十餘年妄學詩，功夫深處獨心知；夜來一笑寒燈下，始是金丹換骨時。」我的感懷詩篇，我也深知寫得真是不好。陸游是謙虛說自己「六十餘年妄學詩」，而對照我自己的壓根兒腦力不夠，又未能認真練習，和加入任何詩社的與人砥礪切磋。

詩是文學中的精華。現在，我將它選錄在這裡，除了記述自己的喜愛文學之外，還一心想為文青時期殘留下來的這些詩作，也給書寫自己人生增添一點兒彩色回憶，更代表著嘉南平原稻浪聲的為我譜出生命樂章。

回首我不斷努力閱讀、學思與書寫的動力，總讓我不得

不記取 2001 年諾貝爾文學獎得主奈波爾爵士（Sir V.S. Naipaul），瑞典學院對他非常貼切描述的這段話：「之所以為敘事界的泰斗，是因他個人的回憶，他記住人們所遺忘的戰敗者歷史。」

我的文字書寫歷程，也深深受到奈波爾的強調學會寫作時，便主宰了自己命運的影響，我總是嘗試在字裡行間能夠尋找到自己孤獨心靈的歸宿，也正如 1946 年諾貝爾文學獎得主赫塞（Hermann Hesse）《鄉愁》（Peter Camenzind）中的「只要能以愛心填滿你的心靈，從此就不再畏懼任何苦惱或死亡」。

我的人生到了古稀年紀，我才真正體會到愛情熱忱要學習徐志摩，生活態度要學習林語堂，治學精神要學習胡適的智慧。我願藉此機會回視自己走過的足跡，翻閱一頁頁我飄泊生活的時光記憶。《追憶似水年華》作者普魯斯特（Marcel Proust）認為：人的生活只有在回憶中才形成「真實的生活」，回憶中的生活比當地的現實生活更為現實。我也因為生活中有書寫而有回憶，所以，我把自己記述的居家歲月分三個階段：

第一階段的居家歲月生活，大抵是屬於 1970 年代中期以前，以我青少年時期大部分居住在臺南後壁老家拙耕園為主的求學生涯，我把對它的記述文字稱之為【拙耕園瑣記系列】。

第二階段的居家歲月生活，大概是在 1970 年代中期以後到 2004 年，以我結婚立業時期定居臺北市羅斯福路 3 段臺灣大學溫州街附近為主的上班族生涯，我把對它的記述文字

稱之為【溫州街瑣記系列】。

　　第三階段的居家歲月生活，大部分是屬於 2004 年以後迄今遷居羅斯福路 5 段萬隆捷運站蟾蜍山附近為主的教書生涯，我把對它的文字書寫稱之為【蟾蜍山瑣記系列】。

　　如今，我已經先出版【蟾蜍山瑣記系列】的《文創漫談》、《生活隨筆》、《生命筆記》、《兩岸論衡》等四書之外，屬於【拙耕園瑣記系列】有：之壹的《我的百歲母親手記》、之貳的《臺南府城文化記述》，和之參的《流轉的時光：臺南府城文化風華》，而這系列之肆的《稻浪嘉南平原》出版，我要感謝方集出版社的促成，才得以如願與大家見面。

陳梁青 謹識

2020 年 7 月 15 日初稿，2021 年 7 月 17 日修於
臺北蟾蜍山南麓安溪書齋

目 次

第一部分　文青記憶

稻浪嘉南平原

　　距今的 70 年前，也就是 1951 年 2 月的換算農曆年除夕，我誕生在臺灣有米倉雅稱的嘉南平原，度過我天真無邪的快樂童年。1957 年我進入這平原位在臺南後壁鄉的安溪國民學校。

　　這所國民學校的設校歷史可追溯至臺灣日治時期大正 3 年（1914 年），8 年後才從「店仔口公學校安溪寮分班」，獨立為「安溪寮公學校」，昭和 16 年（1941 年）因殖民政府教育制度改革，更名「安溪寮國民學校」。戰後臺灣光復，學校在民國 36 年（1947 年）改為「後壁鄉安溪國民學校」。

　　1963 年我從後壁鄉安溪國民學校畢業，考上離家不遠的省立（今改制國立）後壁中學。回溯這所中等學校的發展歷史，當 1950 年代臺灣時局還在動盪不安的情況下，特別是受到臺海兩岸風雲詭譎的影響，政府為考量城市學生的安全，乃有疏散鄉下的計畫。

　　於是由當時出身臺南鹽水的臺灣省議會議長黃朝琴、臺南新化的省議會教育小組召集人梁許春菊，還有當地的後壁鄉長黃添成、鄉民代表會主席王耀鴻、嘉南水利會會長楊群英等地方仕紳的極力爭取，乃於 1955 年在臺南後壁鄉下茄苳地段覓得三甲學產地，作為省立嘉義女子中學的疏散之用。

　　在一片種植稻田的農地中，設立了省立嘉義女中後壁分部，並於當年暑期招生，招收男女生高中一班、初中兩班。1959 年獨立設校，改制為臺灣省立後壁中學，首任校長劉文華。

　　1963 年夏天當我進入臺灣省立後壁中學就讀的時候，校長還

是劉文華。當時政府的教育還未開始實施省府辦理高中、縣府辦理初中的制度。所以，我那年剛進初中一年級的時候，我家二姊正在這所學校念高中三年級。

或許是二姊受到大學聯考的壓力，忙於專心準備功課，未有閒暇時間閱讀課外刊物；也或許我才剛入初中的還在懵然無知階段，我回想那時段，實在想不起來我曾經讀過哪些與文學有關的書籍或期刊。

我現在所能記憶的，只有是在第二年秋天，二姊的北上就讀實踐家專（今改制大學）之後，到了學校放寒假返家的時候，二姊從臺北帶回來的有關文學書籍。這一機緣是啟蒙我閱讀課外讀物，尤其是帶給了我接觸文學的開始。

以後，我不僅看二姊買回來的文學書籍，我自己也開始買《三國演義》、《水滸傳》、《紅樓夢》等古典小說；加上，當時二哥每次從外頭工作的放假回來，也總會帶他喜歡閱讀的雜誌，如《文壇》、《讀者文摘》之類的書刊，我都如獲至寶般的高興。

但有時我也會擔心二哥收假就會把雜誌帶走，我總會想盡方法，甚至於囫圇吞棗將它看完。當然我最期待的是當他們收假回學校和工作崗位，能夠將這些書刊留下來，以便於我的閱讀。

就因為二哥與二姊的閱讀習慣，也影響我從此慢慢的養成喜歡閱讀雜誌，和文學作品的嗜好。我也開始嘗試自己騎著腳踏車，到離家較近的新營鎮（後改市，今改制區），繞著中山路街道的處處找文具店、書店或書局，總希望找到自己喜歡閱讀的書刊，有時候因為身上帶的錢有限，往往是口袋裡的錢不夠，我也心甘情願站著翻閱到最後，有時候引來老闆的白眼，才非常無奈地把書籍放回原處。

畢竟新營這地方只是老家附近的一個小鎮，印象中最有名的

新合成書局，實在是不能滿足我想要多接觸文學作品的慾望與需求，終致讓我興起想要離開安溪寮的鄉下老家，到外地比較遠的城市求學，和勇闖自己天下的念頭。

鄉下後壁初中畢業的參加高中聯考時，我沒有報名新營區的聯合考試，只有一心想去有府城之稱的臺南市，開開眼界，看看真令我羨慕的臺南古城，那裏一定會有我更多想看的書刊。

1966 高中聯考我選擇了臺南區的考試。結果成績放榜，我並未能如願進入位在臺南市區的南一中、南二中，而是分發到市區以外，位在新化鎮（今改區）的省立（今改制國立）新化高級中學。

回溯省立新化高級中學的學制發展歷史，它是 1959 年創設的省立臺南第一中學新化分部。當時也是為配合疏散計畫，經當時臺南一中校長鄧芝如、新化當地的立法委員梁許春菊、新化鎮長王教本等地方人士的極力爭取成立。

成立之初，僅招收高一新生兩班。1966 年 8 月獨立設校為「臺灣省立新化高級中學」，並遴派黃金龍為首任校長。這剛好是我進入該校的同一年，而且男女合校。

當我得知分發在這所學校的時候，我壓根兒不知道新化鎮到底位在臺南的哪個位置？更不知道如何搭車才能到學校？儘管當時自己未能考上臺南市區的學校難免有點失望；又一想到交通問題，我必須面臨同我大哥念臺南縣新化農校初中部、二哥念臺南市南英商職高中部一樣的通車難題。

1950 年代中期，臺灣的交通還不是很方便，特別是在鄉下地方。我大哥、二哥當年到外地念書都必須轉了好幾趟車子，才能順利到達目的地。當時比較進步的交通工具，大部分都屬於日據

時期所留下來專門運送甘蔗的鐵道小火車。

　　他們通常每天一大清早 4、5 點，就必須從後壁安溪寮的老家「拙耕園」，我們通常習慣將它稱呼為「頂寮家裡」。從「頂寮家裡」，至少得走 20 分鐘，才能到達同是位在安溪寮，我們稱呼「下寮火車站」設有可以搭的臺糖運送貨、客兩用火車的站牌，我們當時都習慣稱這臺糖火車為「小火車」。

　　搭上這「小火車」到了新營站下車之後，再走約 15 分鐘才到新營火車站，轉搭南下我們所稱縱貫線的「大火車」到臺南，如果是要到新化農校，或新化高中，就必須先在途中的新市火車站下車，再轉乘臺南客運汽車約 20 分鐘的路程，才能順利抵達新化的學校。

　　我和大哥的年齡相差 12 歲，我對於大哥當年念新化農校初中部時期的情形，完全陌生也從未聽父母親談起；而二哥大我 10 歲，當他念嘉義華南商職初中部時期的上學情形，我也幾乎同樣都沒印象。

　　可是，後來二哥到臺南市唸南英商職高中時的情形，我已經到了可以念小學的年紀。我一直都記得二哥每天一大早通勤，有時候母親忙於準備早餐，我常會被叫醒，然後就在我們「拙耕園」庭院半帶著睡意等候著小販的叫賣聲響起，以便趕過去幫忙買醬菜料的情景。

　　二哥下午放學輾轉搭車回到家裡，都已近晚上 8 點左右，如果放學晚些，或是碰上轉車時間沒有銜接好，則都是要在深夜才能到家。

　　這種一大清早出門，到深夜才返家的學生通勤辛酸，有時候我都已經先上床睡覺，如今依稀還記得當年父親與二哥的對話，尤其當時二哥的年紀正值高中青年的叛逆期，有時候我會被他們

彼此拉高聲調的聲音吵醒，這情景一直到現在都還會深刻地常常浮現我的腦海中。

　　對照之下，我在高一的年紀就開始過著在外飄泊的日子，家人對我實在太愛護了，父母親完全不考慮當時全家經濟本已夠沉重的負擔，還讓我可以在學校的附近租屋寄宿。我現在也記不起當時是誰帶我去，或是我隻身到我之前從未曾去過的新化，是如何可以找到這戶提供出租屋的人家。

　　何況這地方，一直到現在我都非常清楚記得，而且還特別懷念這棟滿新潮的洋式水泥建築，屋主還在這棟房子的左側，蓋了一排連著有 3 間的水泥小平房，每一間可以租給二個學生，總面積約有 200 坪，主屋前種有一叢竹林，右側小平房前則種有幾棵的楊桃樹。

　　當我看到這園林美麗景象，比起我安溪寮老家「拙耕園」的鄉村環境要來得清幽，我馬上喜歡上這地方，幸好在最右側小平房還剩有一空床，室友也同我一樣是高一新生。

　　這是我生平的第一次離開父母親身邊，遠離家人，獨自在外生活，有些時候還是會想念家人，特別是在星期例假日，留下沒有返鄉的同學，一起搭伙的人數少了，有時房東男主人會跟我們同桌用餐，但是我們盼望房東與我們同年紀的二個女兒同桌進餐機會，則可惜未能出現。

　　就我一個從小完全在鄉下長大的小孩而言，對於當時居住環境和飲食菜餚，我都滿意極了，唯一感到不能適應的就是我的鄉愁。

　　我的室友姓吳，他老家就在我家安溪寮鄰近的白河鎮（今改區）仙草埔（里），他父親好像是在中油公司所屬的礦石場工作。

通常我們會在吃過晚餐後，走到屋前不遠處的一條大排水溝，沿著溝邊小徑散步，印象最深的是我們會買新化當地盛產的紅甘蔗，邊吃邊聊，稍解思鄉的情緒之後，才走回屋內溫習功課。

談起功課，當時我真羨慕租屋處隔壁房間住的高二學長田健銘，他念的是乙組人文藝術類。記得每逢學校月考，大家都努力準備考試的時刻，我發現他總是神情悠哉地仍在桌上擺放著《文星雜誌》，和文星書店出版的叢刊。

我的喜愛課外書籍和文學接觸，也就是在這個時期受到他更大的啟蒙和激發。這一學期可真讓我大開眼界，大量接觸文學作品的階段，我對於胡適自由主義思想的嚮往應該是始於這個時候吧。

但是高一這一上學期的在外地求學下來，我仍然未能克服我的離家鄉愁，以及適應班上同學大都是來自臺南市區的都市生活習慣與思維，雖然當時我已感覺城鄉差距的存在，但還沒深刻感受到我給父母親帶來的經濟壓力。

可是我仍決然決定參加轉學的插班考試，回到由臺糖公司為其子弟設立位在新營鎮（今改區）的私立南光中學。由於父親在烏樹林糖廠服務的身分，我的臺糖子弟對南光中學倍感親切，真有回到家裡的溫暖感覺；而且我從家裡出發，獨自騎著腳踏車到學校上課，路程不到 30 分鐘。

當時南光中學的高一學生只有兩個班級，等到學期快要結束，學校開始調查學生升上高二以後的分組意願，而我最想唸的還是文史類的乙組，這時候我注意到省立（今改制國立）嘉義中學的招收轉學生，興起我再次轉學的想法。

那一年的暑假，我又準備了轉學考試的順利被錄取，讓我達成早期因為沒有參加省立嘉義中學初中聯考，而未能達成離家到

嘉義市念書的心願。

　　省立嘉義中學在嘉義地區好可比在臺南地區的南一中，一年前我的未能以第一志願考進臺南一中的心願，總算是勉強達成。這時候我又面臨要通車上學與是否寄宿的兩難問題。如果我要通勤的話，從老家安溪寮到嘉義可不比到新營，騎腳踏車就可以抵達學校。

　　通車到嘉義中學上課，我可以採取從家裡附近搭公路局汽車，大約 40 分鐘可以抵達嘉義市火車站附近，但之後再步行到位在山仔頂的嘉義中學還需要 25 分鐘的路程。雖然學校放鬆規定通勤生，是可以免參加上下午的升降旗典禮，但是最後我選擇了在嘉義市區的寄宿方式。

　　我會想要寄宿最主要是受到兩個原因的促成，一是當時有位與我同時插班錄取嘉義高中的南光中學同學馬牧野，家住在新營，父親在警界服務，印象中應該是新營分局長，我受到他的極力遊說；二則是我自己也想嘉義市畢竟是個進步的城市，我希望可以比較方便到書局找到我想閱讀的書刊。

　　在這兩個因素的慫恿之下，儘管已經是開學在即，最後我們還是一起在市區大雅路的附近租屋住了下來。但是等到上學經過一兩個星期之後，我們開始發覺因為距離學校較遠，光騎車到校的時間就必須花去 20 分鐘左右，而且伙食方面很不方便。

　　因此，我記得當時大雅路剛新開闢不久，但我們住在那裏的時間非常短暫，大概在第二個月我們就搬到離學校較近的民國路附近住了下來，等住了進去之後，卻發現房東的有兩個念國小的小孩，每天晚上都要練琴 1 至 2 個小時，我們覺得被吵得不安寧，加上又不能搭伙，於是住滿一個月之後，我們有了第二次搬家的

紀錄。

　　屬於第三次的租屋終於安定居住下來，房東是一對新婚夫妻，尚未有小孩，平日他們夫婦一起到嘉義竹崎農會上班；另外，我們感到最理想的原因，主要我們同時可以在隔壁的一戶住家搭伙，解決了一般出外人最困擾的飲食問題，我們很平順地就住到那年高二下學期的結束。

　　那年暑假開始，由於我決定念社會組，而室友選擇了自然組，我們不僅上課的課程有別，連準備考試方向和作息時間已出現顯著不同；而且我喜歡逛書店買書的習慣，也讓我選擇與和我同班念社會組的同學住在一起。

　　所以，我就與我當時的同班同學蔣鴻麟，老家住雲林縣的虎尾鎮，那年暑假我們一起租住在一棟日式的林務局宿舍，我滿喜歡那種有樹的庭院環境。記得那時我們同學還一起到嘉義圓環附近的「嘉義戲院」觀賞無名氏（卜乃夫）《北極風景畫》《塔裡的女人》改編的電影。但是住的地方因為不能搭伙，所以暑假一結束，我只好決定與這位同學一同搬到他高一濃時林姓同學的家，雖然離學校較遠，但是同學的媽媽讓我們搭伙。

　　這次租住的地方，由於那是一大排列剛建築完工的「販厝」，我們的房間在樓下，而且與對面房子的彼此距離又近，相互之間的講話聲響也容易引發干擾。所以，每逢到了星期六、日放假，我如果未返回後壁老家安溪寮的話，也就選擇到附近的一所國民小學，利用空教室看書，也認識了新的朋友。

　　雖然已是高中的最後一年，同學都已經加緊準備大學的聯招考試，可是我還是關注《嘉中青年》的文章登載。我生平第一篇發表的文字就在這個時期，記得是以筆名「陳文斌」，文章篇名〈從王尚義到野鴿子的黃昏〉，我也特別喜歡與愛好文學的同學來往。

　　我印象最深刻的是有一位念自然組的同好，他家住在嘉義市區最有名的東門附近，他是道地的嘉義市人，家裡是專做蘿蔔糕生意，他帶我去過他家，也帶我到他熟悉嘉義市區可以買到好書的舊書攤，我們還有過為爭購郭沫若翻譯歌德作品《少年維特之煩惱》的趣事。

　　大學聯考放榜，我的這位姓蔣室友考上成功大學，而我就是在這不知把握時間，而只迷於愛看閒書，以及讀書不求甚解的習性下，上天給了我初次考試落榜的嚴重教訓。

　　之後我沒有學校可去，同時失去看閒書的正當理由，讓我意志非常消沉，儘管父親還是為我在臺糖公司找了一份臨時工，但我工作不到一個禮拜，就難於接受這種性質的工作。我想，當時我一定傷透了父母親的心。最後家裡的人決定讓我上臺北補習班補習功課，希望我明年能繼續參加大學聯考。

　　臺北對我而言，猶如我當年對臺南新化鎮的完全陌生一樣。第一次上臺北來，如果我沒有記錯的話，應該是我的三姐夫帶我上來的，我們一開始找不到住的地方，只好勉強住在他朋友在市場裡做生意的一間閣樓，又髒亂又吵雜。

　　最後我在「志成補習班」繳了費用，辦好一切手續，也領了補習班特別編製印好的講義，開始我一段「補習人生」的新生涯。

　　我有位當時租房子在臺北市杭州南路的表姊，她比較早就從後壁安溪寮的北漂上來，她幫我和後來也上來臺北，同我一起在志成補習班補習的莊姓鄉居，安排租屋在她租屋的隔壁房間。

　　我的這位表姊，當時她已是離開學校，留在臺北工作。她一直擔心我們不能適應陰冷潮濕的臺北冬季，果不其然的完全被她料中，我們這兩位習慣來自溫暖南臺灣，要準備聯考的鄉下小孩，

　　總算勉強捱到那年農曆年的課程結束，就馬上收拾好行李返回後壁鄉間。

　　可是我在臺北補習的這一段日子，因為我表姊也喜愛文學，她告訴我有個名叫牯嶺街的專賣舊古書的街道，雖然當時我心情低落，身上也沒有多餘的錢可以購書，但是我還是初次去逛了我已久聞其名的牯嶺街舊書攤。

　　2018 年 10 月 24、25 日當我閱讀胡子丹在《中國時報》連載〈憶綠島的文青們〉一文，記述他在綠島坐牢期間，與他的牢友們在所謂的「助教室」的成員，提到：「李建中、陳正坤、戴振宇、胡子丹、鍾平山、林宣生、張志良、涂子麟、周景玉、雷大效、王博文等 12 名」的名字，使我回想起當年我在補習班的國文老師林宣生，和三民主義老師涂子麟的大名，我才知道這兩位名師都曾經在綠島服過勞役，也都出自胡子丹所稱「助教室」的重要成員。

　　不習慣在臺北補習班生活返鄉後的在家過年，是一個令我難過又難忘的年。好不容易挨過春節後，同村的一位我安溪國小的同學。他也姓陳，原本考上屏東農專，也正準備重考。他高中是從臺南二中畢業，他對臺南市的住宿環境非常熟悉，他說服我新學期的開始，與他一起到臺南市區的「建功補習班」補習，我帶著家人對我的滿懷期望與他同往。

　　可是當時我們租的房子卻是在比較郊區的一戶農莊新蓋的房子，離補習班上課的教室遠，而且晚上下課回到住屋的地方，經過的有些地段燈光較暗，而且是還未完全舖好柏油的農路，感覺非常不方便。

　　住滿一個月之後，我就搬離到市區友愛街，那是我唸嘉義高中時期一位要好同學林鴻生的姊夫家。樓下早期是用來經營印刷

廠的，樓上讓出來給我們同學一起住，記得除了我這位林姓同學之外，也包括了已經成為是成大學生的那位我高三時期蔣姓室友。

　　這時候住在友愛街的距離聯考最後三個月，我和林姓室友全心投入備戰狀況，我不敢再多看閒書，我隨時警惕自己，若再考不上大學，不但是有負家人的期望，我也就要準備入伍當兵了。

　　到現在我都還清晰記得當時臨考試前只剩下一、二個星期，當我做最後衝刺的時刻，我是多麼強忍著牙痛，到西藥房買了止痛藥，咬緊牙根的拚了命，最終通過考試後的收到成績單，分數的有達標，讓我確定有選擇學校就讀的機會，我一顆忐忑的心才平靜下來。

　　等到填寫志願卡的時候，我的堅持是第一志願填臺大哲學系，而當填志願表到輔仁大學的時候，我還是以哲學系優先。這個時候我二姊的分析當時圖書館學系熱門情況，因為畢業以後可以比較不用擔心就業的問題。

　　後來我想了想，念圖書館學系應該也不錯，同樣是在文學院，而且同時可以滿足我想多閱讀的求知欲望，我就欣然接受家人的建議，將圖書館學系調換排在哲學系前。分發的結果，我很幸運的確定進入了輔仁大學圖書館學系，也可以展開我的另一段學習生涯。

　　1970 年代臺灣戒嚴體制時期的威權統治，臺灣追求民主化和自由化的呼聲雖然出現，但是當時國家處在一黨獨大的威權統治氛圍，民間社會要求改革開放的成效仍屬有限。尤其在大學校園裡，學生大部分並不熱衷於社團活動，帶有政治色彩的活動更讓大家避之唯恐不及，一心想要出國留學的風氣普遍存在，可是我就是生性熱心社團服務的文青學生。

　　記憶特別深刻的是大一那年暑假，我就南下高雄參加佛光山由星雲法師主持的「暑期夏令營」，也影響我一生對佛學的興趣至今。大二、大三我都參與了社團，諸如圖書館系學會的會長、《輔大新聞》刊物的編輯。比較值得回憶的事在我擔任圖書館學會會長期間，除了負責出版學會的《圖書館學刊》之外，還特別選擇《文星叢刊》的出版物，分別由系上同學利用暑假假期擔綱撰寫提要。

　　同時，也創辦《耕書集》的刊物，提供同學練習撰寫書評發表的園地。也發表了我在《圖書館學刊》創刊號的卷首語：〈我們的方向─走進圖書館〉、和〈文星叢刊書目提要中的《胡適選集》評論〉，以及《耕書集》的〈《胡適留學日記》底透視〉等文章。

　　我的參與《輔大新聞》校刊的編輯工作，讓我有機會跨出圖書館學系領域，而與化學系的蔡社長、社會系的周總主筆、哲學系的蘇總編輯、歷史系的蔡採訪主任、經濟系的葉總經理等，大夥一起辦刊物的經驗。

　　辦了幾期之後，因為刊出的部分文章內容對當時時局有所批評，而未能被接受，導致主辦刊物的成員被迫改組，我們這一夥人也就被解散了。而我的〈開拓凜然新氣勢〉一文，已排好版面，總編輯也只好還給我他已經校對好的底稿留作紀念。

　　我閱讀當年《輔大新聞》總主筆周玉山兄，發表於 1999 年 1 月 8 日《聯合報》的〈夢迴輔仁〉，這是一篇充滿感性的回述文字，我現在特別引用其中一小段內容：「在校期間，我擔任《輔大新聞》總主筆，經常撰寫社論，大膽建言。時值七十年初期，國家多難，學子沸騰，我對退出聯合國、保釣運動、中日斷交等事件多所著墨，自不免批評當道。」

　　周學長的文筆流暢、措字用詞得體，令人敬佩叫絕，以及他

後來的榮獲文藝獎，和出任考試委員實至名歸。只是我感覺他對於《輔大新聞》當年被迫改組的實情似乎稍嫌含蓄，但我們從文中仍然可以窺知端倪，是因為刊登了批評執政當局的文字，所引發校方要求《輔大新聞》人事改組的最主要原因。

1973 年 6 月 12 日改組後的《輔大新聞》第 100 期，已改由歷史系的吳榮嶺同學擔任社長、林松青同學擔任總編輯、羅肇錦同學擔任總主筆、郭姓同學擔任總經理。我雖已不續任編輯，但仍受邀寫稿，當期發表的〈請賜給農民精神食糧〉一文，亦不改書生批評時政的本色。

這時候我已開始轉向校外的工讀，第一份工作就是應徵到一家雜誌社擔任助理編輯。當時適逢全球發生第二次的石油危機，雜誌社負責人希望我寫篇有關這方面的文字，我記得當時完稿的篇名是〈挺立於能源風暴中的臺灣〉，該文被列為當期該雜誌的重要報導，近似被選用為該期的社論。

接著，又因為臺灣經濟發展面臨勞工意識高漲的嚴重現象，社裡又希望我整理一篇有關臺灣勞工的評論文章，我在閱讀相關資料之後，完成了〈臺灣勞工的問題在哪裡？〉一文，登在該雜誌上。

儘管我努力閱讀與書寫，也都順利達成社裡交付的工作，但是在大概 3 個月過後，或許是因為該雜誌社真的遇到財務困難問題，老闆該付給我的工讀薪水和稿費都一直拖延。在此窘境下，我也就不願意繼續留在那家雜誌社了。

不過，現在回想，儘管這一段的工作並不順利，但是這在校外工讀的愉快經驗和對我能力的考驗，卻是我大學為圓學術夢之路的小插曲。也因為後來我的畢業在即，為了有時間準備研究所

和預官的考試，我也正式告別自己在臺北縣（今改新北市）新莊輔仁大學的「輔園」生活，結束一段自己喜歡標榜是一位不可救藥的「自由主義者」。

我對自己的學術之夢始終未能忘懷，包括我的出國進修，和到大學的擔任專任教職，也都讓我文青時期的築夢得以踏實。我如今重讀我自己 45 年前大學階段的作品，對照當前的社會環境，雖然顯得有些不成熟，卻仍未過時。尤其回溯當時的時空背景，我自嘆何以能有此勇氣寫了這些文章，並且投稿登載在時下的刊物。

現在我除了將這些原稿文章略作修改，也儘可能地留下當年的閱讀、學思與書寫回憶之外，但盼也能有助於大家對當年臺灣處在戒嚴時期，理解有這麼一位從小愛聽稻浪嘉南平原交響樂滋養的文青，他在那段有限時光裡的思想軌跡，與歲月匆匆中的生活點滴。

（2021.07.16 修稿）

閱報啟蒙

前些日子以前我們曾在陽明山受訓的同學有個聚餐，當酒酣耳熱時刻，有位已從一所高中學校校長職務退休的同學，他說有事要先離席。

這時曾經擔任過《中華日報》總編輯的蔣震先生對著他說：「你要先離開嗎？可以！你不怕我們會在你一離開，就會開始數落，講你的壞話了。你看！我從餐會開始一直到現在連廁所都不敢去，我就是擔心莊伯和、楊顯榮（詩人綠蒂）、林錫嘉等這些同學，會趁著我離席的短暫時刻，會在我背後說起我的壞話來。」

這當然是蔣先生一貫幽默的話語，但提到《中華日報》和學校校長這兩個關鍵詞，卻讓我聯想起年少時期自己一段閱報啟蒙的記憶。

1960年代前後，當我大姊嫁到林家時，我還是個國民學校的小學生。因為大姊夫家離我們家很近，所以爸媽有事的時候，都會要我擔任連絡員，我也都很樂意接受這使命，跑到大姊夫家傳達信息，順便在他家附近溜躂溜躂。

這時期的臺灣社會，不論戒嚴統治下言論自由的管制，就憑當時臺南鄉下的封閉環境，要不是經濟條件較好，生活上還勉強過得去的家庭，而且受教育水準也比較高的話，一般家庭根本沒有餘力再花錢來訂閱報紙的。

我印象中，我最先接觸到的報紙《公論報》，就是在我大姊夫家。我大姊夫和他大弟、二弟（也是我安溪國小同班同學）在學校的表現都非常傑出，他們家正是被選定用來《公論報》的區聯

絡處，每天很早就有了《公論報》送過來。

在那個年代，大姊夫就以非臺糖員工子弟的優秀成績考上臺糖附屬的南光中學，不但全學年雜費全免，而且一畢業就保障進入臺糖公司服務。而大姊夫的大弟當時應該是嘉義師範學校畢業，以第一志願分發在臺中的學校教書，後來進了政大教育研究所，並在臺中一所國立高中校長的任內退休。

回溯當時南部還處在比較封閉的農村鄉下，因為大姊夫和他大弟的與外界接觸較早，思想也比較先進，才會在家裡擺放和閱讀報紙的習慣，我也因為大姊的嫁入林家，讓我得以有機緣接受到報載文字思想的啟蒙和養成喜歡閱讀的習慣。

在同這一階段，我也接觸到《中華日報》，我閱讀《中華日報》通常是利用一大早的時刻，走到我家對面的一間小雜貨店，趁著清晨店裡客人還少，店家主人比較不會在意的時候，我可以儘快看完報紙。

只是當時我對於李萬居主持的《公論報》，與國民黨旗下的《中華日報》，它們這兩家報社的歷史背景，和言論立場並不是很清楚。但是對於當時還是國小的一位學生而言，能夠有個地方可以有看報的機會就已經很滿足了。

我非常感謝《公論報》與《中華日報》的南部發行，這兩家報紙啟蒙了我青少年時期的閱讀，並為我日後養成簡報與書寫習慣帶來很大的影響，也深入瞭解到《公論報》的亟欲標榜獨立公正，而《中華日報》的極力維護執政黨，這兩大報紙各自扮演該有的角色。在此，我得感激我的大姊、感念現已經離開人世的大姊夫，還有他那位從校長職務退休下來的大弟。

（2018.07.06）

書櫥的聯想

　　1987 年 9 月 24 日登於《大華晚報》的這篇〈書櫥的聯想〉，主要記述我大學時期閱讀與書寫歷程的片段回憶，說來閱讀與書寫還真是有錢人，又是有閒人身分才享受得起的嗜好與娛樂，尤其對一位來自工農家庭的窮學生而言，簡直是件奢望的事。

　　我在大學時期的閱讀與書寫趣事之一，是當我大學三年級上學期即將結束的時候，我把身上僅有的餘款，除了留下夠買回鄉車票的錢之外，悉數買了一套《徐志摩全集》。

　　談起《徐志摩全集》的版本，我不能不細說溯自我從高中時期接觸文學作品緣起的一樁往事。

　　記得當初我接觸的《徐志摩全集》，是單冊版本印行，印象中出版社好像就是「文化圖書公司」？我想應該是沒有經過正式授權的版本，它也就不會是徐志摩的全部完整作品，可是對一個當時在鄉下念書的青少年而言，能夠買得到這單冊有《徐志摩全集》之名，而無《徐志摩全集》之實的《徐志摩全集》，或是僅僅夠得上稱為《徐志摩文集》，但心裡已是非常滿足了。

　　1970 年 9 月當我負笈北上，進入輔仁大學圖書館系就讀，文學院的文學氛圍，讓我的視野更寬廣，我深深被蔣復璁、梁實秋主編，1969 年 1 月由「傳記文學出版社」印行的《徐志摩全集》所吸引，心中不時會湧起想擁有這套書的渴望。

　　這版本的《徐志摩全集》共分六輯，而且不零售，可是我又沒有足夠的錢，我只得想盡辦法存錢，我把家裡寄給我的生活費省吃儉用，加上自己努力爬格子掙來的些微稿費，終於在學期即

將結束前，趕到學校對面的「新葉書店」，發了當時新臺幣 180
元，買下了這套《徐志摩全集》，終得以償自己文青歲月收藏這套
書的心願。

現在我檢視這套《徐志摩全集》第六輯的背後內頁，我還清
楚記下「陳添壽藏書 購於新葉書局 共六冊 NT180.00 安溪書齋
1973 年 1 月 6 日」等字樣。

也因為我的閱讀與書寫樂趣，藏書越來越多所造成無處可安
置的「書災」，我大妹的看在眼裡，我想她當年剛從高雄師範學院
（今改高雄師範大學）畢業後，順利地在臺南東山區的一所國中
謀得教書的工作，薪水並不高，但她仍省吃儉用存下錢來，幫她
這位身為她三哥的窘境，買了這個書櫥。

2015 年 3 月 27 日我利用南下機會，特地回到老家「拙耕園」，
進入祖厝的「安溪書齋」，看到這個已經 42 年之久的書櫥，呈現
的破舊不堪，周圍布滿灰塵，上面放著之前友人為父親裱裝好的
畫像，此一景象真讓我離家多年北漂青年的錐心落淚。

我期勉自己應盡退休後的餘生，能集聚家族人的智慧，籌集
一點錢來整修「拙耕園」和「安溪書齋」，以重拾家族人的集體回
憶，和我喜歡閱讀與書寫的樂趣。

（2017.06.24）

理想與現實

　　這篇〈理想與現實〉登於 1987 年 9 月 4 日《大華晚報》，主要記述我在多年閱讀與書寫歷程中的一段珍貴回憶，這篇文字已收錄在我 2013 年由蘭臺出版社發行的《文創產業與城市行銷》一書裡。

　　1981 年我得有機會應邀回到故鄉，為當時準備競選連任的楊寶發縣長，擔負其競選期間政見文案的策畫，和文宣傳品的書寫，這是我第一次正式參與地方性的輔選，也是我接觸臺南地方政治文化生態的開始，更是擴展我閱讀與書寫的一次全新經驗。

　　選舉結束，楊寶發縣長順利當選連任，我則返回臺北原來的服務單位。或許是連續兩個月來不眠不休的過度勞累關係，腰部和腿髖骨部位的疼痛加劇，造成我身體的不舒服，經過一段時間的調養，才逐漸恢復健康。

　　連任後的楊縣長有意邀請我回臺南縣政府服務，但我沒有向他報告我在選舉期間所導致身體出現不舒服的情事，只以臺北工作為由，委婉地向他說明不能南下勝任這份工作的原因，並謝謝楊縣長的美意。

　　雖然我失去了這次與他共同為臺南鄉親打拼的機會，但縣長在他任滿卸任，調升臺灣省政府所屬單位服務，尤其在他擔任省府委員兼經濟發展動員委員會主委任內，我有幸受聘該委員會研究委員，以及後來他在內政部擔任政務次長期間，我都常有機會向他請益。

　　特別他在擔任臺南縣旅北同鄉會理事長期間，我忝任被選為

該會監事，我們更常在會議和餐會中見面，他還曾特別先後贈送我《吳新榮傳》和《連故資政震東年譜初稿》等兩本有關臺南鄉賢的書，並勉勵我：「來自臺南故鄉人，當知臺南故鄉事」。

2012年寶公罹患重病的期間，我和當時擔任國立空中大學校長室秘書，亦是當年寶公在內政部擔任政務次長的機要秘書王義榮兄，一起到寶公位在臺北市復興南路的家裏探視他老人家病情。

這時候的寶公剛從醫院住院回來不久。我們見面的時候，他還一直關心我的教學與生活情形，我和王秘書對其身體狀況極具信心，也深摯盼望這位受大家尊重的長者，一定可以在很快的時間內就恢復健康。

當時他還特別與我合拍了一張照片，想不到這照片竟成為他送我這兩本書之外，留給我的最後一件紀念物。

（2017.06.25）

中央廣播電臺結緣記

　　日前見媒體報導，現位於臺北市北安路中央廣播電臺舉行該臺成立 90 周年的慶祝活動。一個單位存在的歷經 90 年歷史，猶如一個人在這世上的活到了 90 歲高齡，確實值得可喜可賀。

　　我的初次知道臺灣有個中央廣播電臺，是發生於 1970 年代後期，我離開了臺南的教職，北上任職於當時由馬星野先生主持，協助其負責聯繫新聞傳播媒體的服務。我記得當時中央廣播電臺的總臺長段承愈，而背後真正掛名的老闆是蔣經國的二兒子蔣孝武，可是開會的時候，該單位通常是僅派代表來出席。

　　我在這單位工作的時間並不長，就調往中央單位服務了。十多年後，有次我在國立空中大學的兼課，當下課時間，有位學生過來和我聊天，說她想邀請我，在她服務單位中央廣播公司開一個知識性的單元節目，同時受邀的還有主持「文學天地」單元節目的沈謙教授。

　　我受邀主持的「知識寶庫」單元節目，是從 1998 年 9 月正式開始開播，這時候離改制完成「財團法人中央廣播公司」的開播才剛剛過半年，該廣播公司硬體的改進措施與軟體的推出節目，都顯得非常有創新和活力。

　　我的節目是被安排在每星期五下午 5 點播出，儘管該節日錄音播出的時間只有短短 20 分鐘，但是對我卻是人生的初次體驗，不僅錄音過程不熟練，加上我的南部國語發音，每每折騰苦了我這位學生和工作人員，所以，每次錄音的時間總要花費 1 個小時左右。再加上必須事先要準備好文稿，我總得花數倍時間以上才

得以順利完成。

記得每次我前去錄音的時候，得從中山南路搭指南客運車到碧海山莊站下車，越過馬路的斑馬線，經門口警衛驗證身分，再走過一段小路，才正式抵達公司正門，並進入已經預備好的錄音間，開始進行錄音的事宜。

認真算起來，其所耗用時間帶給我當時工作之外的不少壓力。所以到了隔年的 6 月，該節目就喊卡停了。

中央廣播公司主持「知識寶庫」單元節目的經驗，是我人生錄音廣播的初次，也應會是我的最後一次。現在我已經將這錄音帶 36 集的節目內容整理好文稿，以書名《近代名人文化記述》交由方集出版社發行 HyRead 電子書。

（2018.09.30）

編輯人夢

　　近日從網路看到許多記述有關志文出版社發行人張清吉先生過世的消息，我才對他的人生有了更進一步的了解，更讓我對於他在臺灣文化出版界的貢獻，感到由衷的敬佩。

　　張先生曾在其生前接受媒體的訪問中略述：他民國十六年（1927 年），出生在新竹縣竹南郡附近，父親為維持家計，帶著他們搬遷到臺南鹽水的糖廠附近打零工「賺吃」。念外埔公學校（臺灣人唸的國小）時受到日籍老師的啟蒙，開始大量閱讀《幼年俱樂部》、《少年俱樂部》，和日文雜誌《講談社》等刊物。

　　臺灣光復後，張先生曾在臺北市臨沂街經營舊書攤的生意，後來遇到一個年輕的臺大醫學院學生林衡哲（2002 年曾任臺南文化局長）。於是他們學日本《岩波文庫》的出版方式，開始有了《新潮文庫》一系列叢書出版的貢獻，為張先生贏得在文化出版界猶如「臺灣的王雲五先生」之讚譽。

　　1970 年代《新潮文庫》在臺灣出版界，具有開創臺灣文化新潮一代的影響力。我與《新潮文庫》的起源於念嘉義高中時期的購買《沙特自傳》一書，1970 年 9 月我進入臺北新莊輔仁大學的就讀圖書館學系，我們是該系第一屆學生。

　　第二年，系上成立「輔大圖書館學會」，我們為了配合國內「圖書館週」的舉辦活動，也會邀請出版社來學校參加書展，志文出版社就是重要對象之一，而《新潮文庫》的叢書也非常受到學生的歡迎。

　　「輔大圖書館學會」另一項重要工作，就是出版《輔大圖書

館學刊》，這是我初次的編輯經驗。同時，我也編輯系上專門為撰寫書評特別發行的《耕書集》，並且陸續在《輔大新聞》、《輔大青年》發表文章。

也因為大三那年我受邀參與《輔大新聞》，和大四在《中外產經雜誌》的編輯工作，也購買了《新潮文庫》的叢書，諸如史懷哲的《文明的哲學》、許爾煜譯的《蘇格拉底傳》等書。

乃至於到了1987年以後，我有機會在報紙上撰寫的專欄，我仍繼續購買與閱讀《一生的讀書計畫》、《書與你》、《讀書與人生》等《新潮文庫》出版的叢書，作為書寫的參考資料。

我的編輯夢在我服完兵役，上臺北經過出版商的面談沒結果之後，讓我對自己想朝出版業發展的理想倍感挫折，而後才下定決心與同學一起創業的轉而從商。然而，輾轉數十年的我，自從大學教職退休下來，才又有機會開始回到自己青年時期未能完成的夢想。

截至目前，審修完成我的《臺灣政治經濟思想史論叢》（一套六卷），包括紙本和電子書已陸續出版了（卷一）——資本主義與市場篇、（卷二）——社會科學與警察篇、（卷三）——自由主義與民主篇、（卷四）——民族主義與兩岸篇、（卷五）——臺灣治安史略以及（卷六）—人文主義與文化篇。

另外，我的自述性書寫【文化瑣記系列】，除包括【拙耕園瑣記系列】的《我的百歲母親手記》、《臺南府城文化記述》、《流轉的時光—臺南府城文化風華》三書；【蟾蜍山瑣記系列】的《文創漫談》、《生活隨筆》、《生命筆記》、《兩岸論衡》四書等都已由方集出版社出版，HyRead電子書服務平台上架。

2018年1月1日我非常榮幸受聘擔任元華文創股份有限公司出版發行之《臺灣政經史》叢書系列之主編，協理該叢書之擘劃、

徵稿等相關事宜。我樂在此編寫的生活日子，我想繼續完成我的
編輯夢。

（2020.04.17，2021.07.17 修稿）

書寫療癒

　　大姊參加長青學苑開設的課程，這張她們五位姊妹和兩位小
女生的合照，是她利用上課老師的教學做相框，她特別選擇這張
1979 年 3 月我的結婚喜宴，在我們老家後壁安溪寮祖厝前拍攝的
照片，顯得格外有意義。

　　她們五位姊妹在我們九位兄弟姐妹的排行中，大姊在大哥、
二哥之後，排序第三，接著二姊、三姊、我、大妹、四弟、么妹。
照片中洋溢著她們姊妹的好感情，令人比較遺憾的，現在這五姝
美麗的花中獨缺二姊在人間。

　　我看著這張 40 年前的舊照片，讓我對二姊的想念更深了。我
在〈我的青春我的夢——記大學時期文青歲月〉一文，曾回憶敘
述二姊是啟發我閱讀的第一人，也是多位影響我喜歡書寫的人其
中之一。我特別要感謝二姊還有一段對我人生最關鍵的往事。這
應從二姊念省立後壁中學高一的時候談起。

　　當時與二姊同班的同學，有多位家住在嘉義市區，她們要到
學校來上課的交通並不是很方便，或許她們也有意想嘗試體驗一
下鄉居的生活，所以就搬進我們家來。

　　這群高中女生在我家，除了印證二姊的好人緣之外，母親對
她們的照顧也都視如己出。另外，老家安溪寮盛產的米香，還有
從安溪寮騎腳踏車，或搭公路局車子，在途經省道公路兩旁的芒
果樹，也一定讓她們歡樂的學生生活，充滿了難忘的回憶。她們
在離校之後，還都與二姊保持聯繫。

　　1977 年楊寶發先生返鄉參選，高票當選臺南縣長。人生際遇

難逢，世事難料。在二姊的這同學裡，有位與二姊情如姊妹的吳姓同學，特別提及其與楊縣長的關係，並引薦了二姊，這時候的二姊、二姊夫都在南新國中教書。

母親與二姊的處世待人，都給人留下了非常好的印象，而我受到她們庇蔭，後來我有幸北上工作謀生，並接觸臺南旅北的鄉親、朋友，在許多的聚會場合，他們對二姊和二姊夫工作的稱讚，讓我與有榮焉。

如今，母親的年邁與二姊的不在，都讓我只能藉著書寫，來療癒我對她們的思念，我也想起蘇東坡每每被貶在外的「十年生死兩茫茫，不思量，自難忘」的意境來。

（2018.06.08）

樂做邊緣人

再過幾個小時之後，就即將送走 2018 年和迎接 2019 年的到來。現在臺北的外面天氣仍然是連續多天的濕冷氣候，我暫時擱下手邊批改學生期末考成績的工作，從書架上找來經常會在上課，介紹給學生閱讀管理大師杜拉克（Peter F. Drucker）的回憶錄，這本書名稱《旁觀者》（Adventures of A Bystander）。

我喜歡杜拉克自己定位他一生的「旁觀者」角色。「旁觀者」猶如我認為自己在這含糊算來已是古稀年紀的「邊緣人」角色。

回顧我在蔣經國總統推行本土化的階段，投入相關黨政機構的為國家服務。我工作單位的主管和長官都期望我在歷練一段期間之後，就回到台南老家打拼，儘管我本人亦有此意願，但在與我同年齡層政治人物相繼浮出檯面後，我自己的角色也相對只是個「權力邊緣人」。

後來我有機會轉到學校教書，直到退休的教學單位都待在通識教育中心，講授課程都屬政治經濟學的警政史，和管理學的文化創意產業等領域。從主流系所教學與研究的專業科目，相對於通識教育的我自己角色也只是個「學術邊緣人」。

檢視我在職業工作的薪資收入，只有依賴固定所得的儲蓄，儘管我的克勤克儉的努力，但在資本主義強調金融投資的利潤累積，相對於我自己也只是個「財富邊緣人」。

回顧我在長時間的習慣於思考和撰寫專欄，除了已在學術著作和論文之外，也嘗試陸陸續續地發表了一些自傳體散文，但在網際網路發達和職業作家暢銷作品的風潮，相對於我自己也只是

個「文學邊緣人」。

回顧我在過往的人生歲月，流逝者已讀不回。展望來年，自己但願能安居在臺北「蟾蜍山邊緣」，和有機會回臺南老家附近「關子嶺邊緣」的享受悠閒慢活，我嚮往可以自由自在地選擇閱讀與書寫的餘生，有如宋代雲門宗僧懷深慈受的禪詩：

度萬事無如退步人，孤雲野鶴自由身；
松風十里時來往，笑揖峰頭月一輪。

很快又是一年即將過去，盤整這一年來的心中感觸，除了對歲月的流逝有些許的無奈之外，很感謝親友們給我帶來的歡樂時光。

在 2018 年的歲末寫了這比較感傷的話，也藉此時刻敬祝大家新年快樂、心想事成、家庭美滿。

（2018.12.31）

覺來無處追尋

有人會說書寫日記，是因為有迷惘才需要將自己的苦惱化成白字黑字？或是想把日記當成證人，藉由反覆書寫來期待自己最後當機立斷下決心？甚至於魯迅會批評胡適寫日記是用來給別人看的，我想對我而言，或許都有它存在的部分理由吧？

我有一段屬於浪漫愛情飄泊與創業甘苦的日子，是我在文青時期的文學夢境下，書寫時間大抵是從 1975 年到 1977 年的軍中服役，和退伍之初的創業。當時我的生活充滿徬徨、矛盾與無助，我的日子完全是在理想與現實的夾縫中煎熬。

我既嚮往浪漫愛情與文學的追求，但我卻不斷遭遇到被現實環境的嚴厲考驗與折磨，我真是處在愛情與工作之間的兩茫茫。

自我懂得閱讀與書寫以來，直到迄今自己的古稀年紀，我所發表過的文字，我都卑微自覺不敢稱「創作」，連所謂的「寫作」都談不上。有些時候當自己的書寫遇到瓶頸時，甚至於懊惱的幾度想放棄。

我已經不清楚這日記裡抒情記述文字的多少接近真實，別人看來會是有多少感同身受？它似有幾分真實？又似有幾分玄虛？假若我們不去計較文學求美與歷史求真有多大距離。

如果閱讀過後，您認為這裡的文字有幾分是真，也許您是浪漫地生活在夢境；如果您認為這裡的文字有幾分是玄，也許您是清醒地生活在夢境之外。追逐文學夢境裡與青春夢境外的距離，到底有多大、多遠，我真是不懂？我自己也真說不上來，或許那只是一瞬間！

也許我對人生的摯愛與多情，都只是游移在情境的夢裡與夢

外，正有如騷人墨客般的旅途漫遊，這都只是曾經有過一種青春歲月的漂泊愛情。果真是否如此，就端賴有心人自己勇敢地去追逐愛情人生吧！

我還是喜歡徐志摩在〈志摩日記〉裡的這首詩，是如此寫：

> 今晚天上有半輪的下弦月；
> 我想攜着她的手，
> 往明月多處走——
> 一樣是清光，我想，圓滿或殘缺。
> 庭前有一樹開騰的玉蘭花；
> 她有的是愛花癖，
> 我忍看牠的憐惜——
> 一樣是芬芳，她說，滿花與殘花。
> 濃蔭裏有一只過時的夜鶯；
> 她受了秋涼，
> 不如從前瀏亮——
> 快死了，她說，但我不悔我的癡情！
> 但這鶯，這一樹殘花，這半輪月——
> 我獨自沈吟，
> 對著我的身影——
> 她在那裡呀，為什麼傷悲，凋謝，殘缺？

這段追逐愛情和創業甘苦的日子，如今都已成一段往事。往事依稀，但不如雲煙，又似夢裡夢外。宋朝詩人孫洙〈河滿子‧秋怨〉的讀來特別令人感到心酸，其中有句：

> 黃葉無風自落，秋雲不雨長陰。

天若有情天亦老，搖搖幽恨難禁。

惆悵舊歡如夢，覺來無處追尋。

（2020.04.13）

創業甘苦

　　1970 年代前後在臺灣的大學設有圖書館學系的只有臺灣大學和輔仁大學等兩所學校，也都還沒有成立研究所。現在這兩校的圖書館學系不但都已更名圖書資訊學系，而且都有成立研究所，甚至於輔仁大學還將該系所擴充設備、提昇師資的設置教育學院，已不繼續留在人文學院了。

　　回溯我在人文學院圖書館系的大學四年期間，我大二、大三暑假曾分別在一家裝配麵包機打工，和國科會科學資料中心實習；大四時期在一家雜誌社擔任助理編輯，以及畢業後在等待服兵役期的一戶經營蜂蜜商家幫忙清洗瓶罐的工作，一共有了四次機會的在外工作。

　　檢視這四項不同的工作性質，科學資料中心和雜誌社的工作似乎與人文學領域比較有關；麵包機裝配和蜂蜜瓶清洗的工讀階段，已讓我擴大人文學，而開始接觸產業界型態的工作。

　　1973 年 9 月我入伍服役，在嘉義大林新兵訓練中心接受訓練，結束後分發到臺中清泉崗裝甲旅營部連，擔任人事二等兵，很快再接受人事業務講習，順利晉升下士人事官，一直到退伍。

　　擔任人事業務的近兩年日子裡，我的閱讀與書寫已從圖書館學系的人文科學跨足到社會科學的管理學領域。

　　我在輔仁大學研習圖書館學時，必修課程除了圖書館學、圖書分類與編目、中西文參考書指南等專業科目之外，有一門課程「圖書館行政」與管理學領域最接近的了。

　　圖書館行政較偏行政管理，雖然在教材內容上也有組織理

論、人事政策、圖書館預算、服務評鑑考核等項目，但是它與企業管理的內容畢竟不同。

我在臺中清泉崗服役即將期滿的時候，正為自己退伍之後的工作發愁之際，有天突然接到大學同學 Y 君的信息，他有意約同學組成一家公司，專做國際貿易的業務，公司會設在臺北。

我在與家人商量之後，父母親尊重我的選擇，兩位老人家比較擔心的是我們族人都不是從事做生意行業的，也沒有人傳授經營商業的經驗。現在必須要自己拿出資金出來與人合夥創業，他們擔心我會有血本無歸的壓力，更何況家裡並沒有多餘的錢，提供給我作為投資的股金。

回溯當時我的心境，我自認可以吃得了苦，公司的組成與國際貿易商面的業務，既然 Y 君很有自信地告訴我，我們有長輩可以指導和提供商機。於是我在家人支持下，父親不得不將他僅有自臺糖的退休金中拿出一部分來，作為我參與籌組公司的創業資金。

父母親的望子成龍心切，於是成全了我的想法，讓我得以展開我的人生創業旅程，也開始了我跨越領域的理論閱讀與實務工作，但當時初入社會的我，卻渾然不知清楚理論與實際之間往往存在著一種無法密合的距離。

Y 君建議

退伍之前的接受 Y 君建議，包括 W 君是我大學同住宿舍的室友，同時也是我的臺南同鄉，我們一共三人合組一家公司。當

我從臺中清泉崗服完兵役，回臺南後壁老家短暫停留之後，旋即上了臺北，再度展開我大學畢業之後的北漂生涯。

籌組公司的先期工作已都由 Y 君初步著手進行，我的資金也依約定投入到位，公司名稱「oo企業有限公司」，和營業執照也核發下來，公司地址就租在臺北市四維路，與靠近和平東路附近的一棟 4 樓公寓樓下。

我們的新公司兼住家，房子最前頭靠近大馬路的空間是作為辦公室之用，後頭還另外有兩個房間，則提供我和 W 君的住宿。

大學時期接觸的完全是人文學領域，儘管有幾次在外工作，但那勉強只能稱是學生工讀的經驗，對於公司實際組織與運作壓根兒全然不知。譬如公司怎麼組成，股東與董事有甚麼區別，為什麼有些公司稱有限公司，有些公司又稱為股份有限公司，更不用說理解《公司法》的內容和其相關的規定？

我就這樣一頭栽進自己全新的學習和人生體驗，對公司和自己的未來充滿了希望。

當時我閱讀的時間雖然少了，但是帶在身邊經常閱讀的書類，除了胡適紀念館重新出版胡適的《嘗試集》，和商務印書館人人文庫印行胡適選註的《詞選》之外，記得我當時閱讀的書類包括日本田中角榮的《列島改造論》、四季公司出版的《卡特自傳》、聯合報出版的《尼克森白宮末日記》，凸顯我喜歡的文學心境，與對未來有意從政之路的憧憬。

雙向思考

我們三位大學合組的這家有限企業公司，開始的時候主要經營貿易項目。W 君老家在臺南關廟，1970 年代關廟地區的早享有竹製與藤製手工藝品外銷的盛名，許多中小型工廠都是採取在接到訂單，再分散至由各戶人家，初步先以手工編製為半成品，再收集回廠內加工完成。

這些加工廠的經營者很少具有直接與國外買者接洽的外文和財務實力，通常是透過貿易商的間接方式。我們公司經營就藉由 W 君的地理和人脈優勢，由他負責在關廟收集產品，並拍照寄到臺北公司，再由我和 Y 君整理成產品目錄，然後向國外寄出開發信，同時也拜訪國內的臺北貿易商，藉由他們與國外買者的關係，期能打開國內外市場。

這樣理論的貿易經營方式，說起來簡單，但是對於我們三人都是剛從軍中退伍，也沒有實務經驗的創業「菜鳥」而言，所謂產品名稱、編號、包裝、船期、交貨方式，乃至於甚麼 FOB、CIF 等等商業專有名詞，我們都是邊做邊學，同時邊學邊做。

對我來說，學習新的領域，和對自己未來理想目標而努力工作，真是一件快樂的事。我除了秉持邊做邊學與邊學邊做的雙向思考，從事於商業貿易工作之外，平常有空我仍然沉醉胡適選註的《詞選》、文星書店出版的《胡適選集（詩詞）》等著作，甚至於我還繼續閱讀有 1969 年臺灣商務印書館人人文庫所再版陳鼓應的《悲劇哲學家·尼采》，與 1967 年由水牛出版社的水牛文庫出版孟祥森譯的《齊克果日記》等哲學方面的書籍。

起頭難題

公司在臺北四維路是以貿易公司型態呈現，關廟則是以工廠名義來凸顯，建構起公司兼工廠的組織架構。剛開始只有我和 Y 君、W 君三人，對外職稱都稱經理，等於都是老闆又兼夥計，也許這樣是比較公平，大家都為公司打拼，彼此上下不分。我和 Y 君負責臺北公司的業務，W 君則留在關廟打理訂單的出貨事宜。

臺北公司為了對外接洽業務的需要，買了一部本田 90CC 的全新機車。通常是由 Y 君騎車出外辦事，我則留在公司接電話和整理資料。資料主要是開發客戶的信件，公司的客戶還是以美國為主要對象，其次才是歐洲和其他地區，至於日本則完全依賴 Y 君的父親為窗口。因而郵寄國外的開發信都以英文書寫為主要語文。

書寫開發信件是貿易公司很重要的一項業務，我大學不是商學系和企管系的學生出身，我僅有的是大學時期的雜文書寫和編輯經驗，也從未接觸過這類性質的工作。我只好土法煉鋼，拿出市面上介紹有關貿易方面的實務書籍，作為撰擬信件內容的參考。然後在寫好的信件裡，再附上 W 君從南部寄上來產品照片和報價單，一起郵寄出去。

客戶名單和地址則從國貿局提供，和從當時頗流行《貿易風》等刊物蒐集來的資訊，就採取猶如亂槍打鳥、海中撈針的笨方法。1970 年代中期我不知道別的貿易公司是不是也採取這種方式，來開發他們的新客戶。然而，當時我們公司在非常有限的條件下就僅能於此。

現在回想起來，一張照片裡拍的是 2、3 件產品，雖說是新設

計出來的產品。然而，有意願的國外買者，當他們接到這不是以印刷呈現的產品型錄，我想這是很難引起規模較大公司的注意，和對我們公司產生信心的。

但是畢竟不懂做事起頭難哲學的創業維艱，但我們公司還是努力為之啊！

間接貿易

公司一開始，由於直接貿易業務的客戶有待開發，在完全沒有客戶來往的情況下，公司也採取間接貿易的方式，藉助於國內貿易商已有建立的貿易網絡，以便將公司 W 君在關廟地區蒐集來的產品行銷出去。

有一天，公司突然接到一家國內貿易商的電話，說她們的美國客戶收到我們公司郵寄照片，該公司對照片裡的產品非常有興趣，她們這家客戶的公司下個月將有人會到臺灣來，並約在她們洽談我們公司照片裡的這幾件產品，要我們將樣品和報價單送到她們公司。

猶記得當時我和 Y 君接到這通電話，都感到非常興奮，既然打電話來的這家公司表示，她們美國客戶對我們公司產品有很高的購買意願。這麼難得的機會，當然我們公司要好好保握，何況這也是 W 君寄上來公司開發的第一批竹製品。我們公司 Y 君就依約將這 5 件產品的樣品和報價單送過去。

國內這家貿易商的公司位在忠孝東路和新生南路口的大樓裡，國內這家貿易商如何與她們的美國客戶洽談？我們公司當然

不會知道，她們也想盡辦法避免讓我們公司獲得任何信息，尤其是她們美國客戶的公司名稱。

我想這是 1970 年代臺灣貿易公司的常態，也是一般貿易公司的最高商業機密，當然也是我們公司要遵守的商業道德。

國內這家貿易商後來給我們的訂單是每樣商品各 100 組。這好結果的開始，鼓舞我們三人對公司未來發展的信心，雖然國內這家貿易商後來拖延了交貨日期和貨款，使得我們公司在與她們業務的接洽上，耗去了許多精神和時間。

但是這次商場艱辛談判過程的經驗，讓我開始體會到我們公司對於承接這類型，屬於所謂「間接貿易」業務的難處。

這難處，正是像我們這種手上沒有掌握自己的國外客戶，公司規模小、資金少，而且又是新成立公司的問題。面對這商場上的競爭與無情，也是我們公司必須接受的嚴厲考驗。但是對於我日後進修、提報論文、授課講義，和出版專書，提供了不少寶貴實務經驗的內容書寫。

編製型錄

新貿易公司如果本身沒有基本客戶，想要在短時間內能夠擁有固定客源，建立自己的國外買者或貿易商（進口商），說來容易但是需要時間的聯繫，彼此產生信任感，才有可能進入下訂單、開信用狀（L/C）的買賣階段。

我們公司成立之初，基本上是定位為貿易商。所以，公司安排 W 君留在他的家鄉地，從事搜集別人代工好的竹藤製品。由於

國外買者的訂單，有賴臺北公司這邊的努力書寫和寄出開發信件，可是這並非在短時間內就能促成。由於 W 君在關廟蒐集的產品項目越來越多，臺北公司這邊就需要將產品編目成型錄，和需要有地方來陳列這些樣品的展示間。

將產品編目成型錄和陳列樣品展示間，本是為自己公司的準備，以利與國外客戶之間的聯繫與洽商，但也因為國內許多貿易商找上門來，造成我們公司一方面自己要開發國外客戶，一方面要接待由國內貿易商帶來的國外買者。所以，在產品型錄和樣品展示成為公司最主要的工作。

編制產品型錄和陳列樣品展示都沒有甚麼大問題，由於我和公司 Y 君同出身於大學圖書館學系，但根據公司當時的大略業務分工，Y 君是負責公司外務和財務，編制產品型錄和陳列樣品展示的工作則成為我的主要工作，Y 君從旁協助。至於 W 君則只管蒐集產品和產地的價格。

這樣的分工模式，也是在公司成立之後的經過 3 個月時間才慢慢調整形成。由於我負責的編制產品型錄和陳列樣品展示，才讓我有機會學習到如何從產品拍照、規格大小、包裝材數、生產時間、船期安排等項目中，懂得報價單、訂購單和信用狀等有關國際貿易方面的專業知識。

然而，學習是要代價的，雖是自己合夥的公司，但公司業務績效沒有成長，公司沒有營利收入。當然公司所付出的成本都是自己原來投進的資金。隨著時間的過去，公司的經營當然就會慢慢出現問題。

結婚喜事

公司業務的成長，因為公司產品型錄的編製完成，和公司能提供實樣產品的展示，變得忙碌起來，但是公司當初設立要做直接貿易的目標並沒有隨之成長。

每天公司接到國內貿易商寄來信件和打來電話，索取產品型錄和提供免費樣品，就搞得我團團轉，疲憊不堪。當然公司寄往國外產品型錄和樣品的開發信件仍然繼續進行，只是應付國內貿易商的一再索取型錄和樣品的負擔，越來越變成是公司人力和財務的沉重負擔。

因為，國內貿易商來接洽的時候，總是一再強調他們與他們的國外客戶關係多好，合作得多好，每次下的訂單有多大。這種希望生意成交的誘因，讓我對他們公司總是滿懷期待。

期望藉由國內貿易商的訂單來達成公司對外貿易業務的成長，也不失為能增加公司業務成長的彈性方式之一，可是帶來的困擾也不少。尤其是公司要不要提供產品的樣品服務，如果不提供，成交機會變少，如果採提供不收任何費用，那公司不勝負荷。

折衷變法是提供樣品，但要收取成本費，以作為衡酌國內貿易商真正用意的標準，雖然可以減少了部分國內貿易商需索，但是公司陳列展示間樣品的數量畢竟有限，如果沒有成交的訂單，而一直要求公司的 W 君從關廟地區蒐集或蒐購上來，對 W 君在產地的處境將會越來越為難。

果然，公司 W 君在他給公司的信件和電話中，一再反映他在產地所面臨的困境。最初公司藉著 W 君在關廟地區的地緣和人脈關係，在蒐集樣品上進行得尚稱順利，但久而久之，公司沒有訂

單下去，當地負責加工的廠商也對公司越來越沒信心，提供樣品給 W 君的意願越來越低，縱使 W 君採取每樣樣品付費方式的方式也難被接受。

公司型錄上產品的未能提供樣品，導致臺北在接待國外買者和國內貿易商的時候，想要有成交機會的困難度越來越高，公司業務陷入停滯狀態。這時候 W 君傳來他準備結婚的喜訊，在臺北公司的我和 Y 君也向他恭喜。

在分霑 W 君的喜氣，當時我心裡還是有點替 W 君擔憂他們新婚後的生活。因為，公司經營正碰到瓶頸，我們合夥的三人都未曾支薪，只靠公司發的零用金過日子。其實這是我的多慮，後來我和 Y 君南下參加 W 君的婚禮，獲悉新娘也是關廟人，娘家在關廟的人脈廣，透過這層的人際關係，有助於 W 君在關廟地區的推展公司業務，和解決了部分公司產品的樣品問題。

私人公司的經營，除了與客戶彼此建立信心之外，家族或朋友如果能在人際關係提供好的協助，當有利於公司的成長。1997年我有機會接到臺南縣文化中心的邀請，回到自己家鄉的一場講演，我就特別以〈話說管理─兼談工作中的人際關係〉為題，該文後來並收錄在該中心編印【文化講座專題 9】的《人生贏家》專輯。

獨特訂單

臺北公司寄給客戶的開發信，除了信中提到公司之外，主要內容還是透過型錄來介紹公司生產的產品。要不要附上報價單，

有時候為了節省郵費成本，選擇性的對於對方若是大的公司，來訂單機率有可能較高的，就會直接附上；若是歐美之外的其他小公司則待開發信寄出之後的回應，有來函索取的，再行補寄，以利持續保持來往，建立互信和情感。

臺北公司初期接的訂單，幾乎都是來自國內貿易商，其轉來訂單的數量和總金額都不大。公司接了之後，轉傳給在關廟 W 君的負責與加工廠商接洽，有時為了增高公司利潤，W 君不得不就自己直接「下海」，交由民家代工。

然後依期約交貨給國內貿易商，國內貿易商通常都還會與其他貨品併裝，如果指定交貨地點在臺北，那問題比較不大。因為在那 1970 年代臺灣對外貿易興盛的階段，夜間從關廟上臺北的貨車運送還是方便的。

臺北公司直接寄往國外的開發信，雖然回函的機率很低，公司對這項費用支出越來越感到吃不消的時刻。有一天公司突然接到一張令人振奮的訂單和開來的 LC，交貨日期 45 天、以 20 尺貨櫃裝運。

我們分析這張訂單和 LC，並從其訂貨的少量多樣，判斷這是一家開設在觀光旅遊島上的商店，直接銷售給觀光客。

這家下單的進口商客戶有可能擔心訂購項目的少量多樣，而被我們公司拒絕出貨，所以才會參考我們公司的型錄和報價單之後，未再進一步的聯繫和確認，就直接下單和開出信用狀。

訂單裡項目的多樣，又每樣的少量，的確讓交貨的生產廠商為難。為了如期交貨，我還特地由臺北南下，在關廟住了一段時間，協助 W 君的完成工作。

這一張令人振奮的訂單，讓我得以從書寫開發信、編製型錄、

整理報價單、接受訂貨單、確認信用狀、開始蒐購產品、接洽船公司裝運，到拿提單押匯，完成整個國際貿易的實務操練過程。

公司縱使獲利不高，卻是我難得的實際經驗。1995 年 3 月和隔年 11 月我有機會分別應銘傳大學管理研究所和國際貿易系的邀請，講演的內容就以我這一段親身的經歷，作為與學生談論的主題。

入夥退夥

公司申請成立過程，全由家住臺北的 Y 君辦理，我當時完全不清楚有《公司法》的規範，也不懂「有限公司」、「股份有限公司」、「無限公司」，「董事長」、「董事」、「股東」等相關規定。

公司開始經營的一段時間，我、Y 君、W 君三位合夥人，對外都稱經理。公司隨這業務的增加，導致公司需要較多資金的運用。可是公司這一營運下來，每月的開出總是大於收入，公司所能周轉的資金也就越來越少。

公司財務，包括會計和出納完全由 Y 君處理，他也都相當負責登記的巨細靡遺。但「巧婦難為無米之炊」，在公司資金日漸吃緊的窘境下，Y 君提出他父親有一位朋友的小孩 X 君，剛結束在海上船員的工作，X 君不想繼續跑船，他非常樂意加入我們這個三人組的公司。X 君並不計較公司當時的財務狀況，他出資和我們同金額的股本。這筆活水當然對公司資金的運轉很有幫助，X 君也就安排在臺北公司工作。X 君年紀比較輕，活力足，加上有長期「跑船」的經驗，所以也比較敢講英文。

　　所以，不論國內貿易商帶外國客戶來參觀公司樣品的展示間，或是國外客戶要求公司將樣品拿到指定地點洽談，X 君都非常的熱忱接待，儘管有時候公司認為部分客戶要求的條件非常苛刻，公司幾乎無利潤，但是 X 君還是會將訂單接回來。

　　X 君的想法比較積極，他認為與客戶談生意的原則，就是要放長線釣大魚，開始的時候吃虧沒有關係，也許等建立好關係之後，有希望為公司開拓更大的交易空間，和改善公司的財務狀況。X 君的想法並沒有錯，只是幾個月下來，不但增加公司財務的支出，尤其 W 君在關廟的反應，因為訂單給的是多樣少量、價格又不理想，導致 W 君在現場蒐購、包裝、整理、運送，處處碰到困難。加上 Y 君認為這種接訂單的方式，已造成公司財務的不勝負荷。

　　幾次的爭議和討論，X 君認為既然理念不合，他就提出退夥的要求。X 君人也非常乾脆，在 Y 君計算公司的現有資金之後，X 君分回了當初他合夥出資的部分股本，退出公司的經營。X 君新夥伴的入夥與退出過程，讓我理解公司財務管理業務中的許多細節。一家公司的管理機制，必須具有產品管理、行銷管理、研發管理、人事管理、財務管理等機能，才能順利運作。

　　公司與 X 君之間關係的處理，和 X 君的從公司入夥與退夥的協調，更增加了我對企業公司的實務管理經驗與傳承，讓我在日後的書寫和課堂上授課顯得更能得心應手。

　　特別是，1991 年至 2000 年間，我有機會應邀在交通部電信信練所、中華海員服務中心臺北服務處、臺南縣政府工業發展投資策進會、臺北自來水事業處職工訓練中心、臺灣省公共衛生研究所等政府單位，講的主題都是以企業管理方面的課程，而這實

務上的歷練我不能不歸功於這段期間所獲得的寶貴經驗。

轉換跑道

　　X 君退夥之後的離開公司，不但抽走他原先投入的部分資金，加上公司成立已有一段時間，我對公司發展的未來開始失去信心，我甚至於懷疑將來公司財務資金的調度問題，不僅是我的股本回收，和我是否仍然要忍受每個月沒有固定薪水等問題。

　　加上我長期以公司為家，精神壓力始終未曾鬆懈下來，身體也逐漸出現狀況。腰酸背痛的困擾，導致我的睡眠品質不好，尤其是硬式三合板組成的上下舖單人床，由於腰椎的不舒服，幾乎讓我無法完全的平躺下來。

　　我記得當時公司的對面就是成功新村，裡面有個很簡陋的傳統市場，通常我們公司的午晚餐，就在那地方解決，幾乎每餐是吃滷肉飯和麵食，再加一盤青菜。

　　印象中有家專治跌打損傷的藥鋪，我在身體非常不舒服的時候，當疼痛得幾乎讓我的身體無法完全蹲下來，整個腰部連同髖骨地方的劇痛，導致走路時候的困難，已經開始讓我無法順利投入工作。

　　然而，當時的症狀只是時好時壞，我總是還可以隱忍了下來，我不希望因為自己的身體狀況影響到公司的營運。只是後來因為隨著X君的入夥再退夥之後，提醒了我對於公司資金的調度問題。

　　我開始去了解當初剛成立公司時，除了我的資金從一開始就完全到位之外，其他股東的出資時間和股本金額是否都與我同時

匯入公司帳戶，後來我才弄清楚並不是我當初想像的單純，我心裡開始有受騙的不舒服。

當我夜間睡在硬床上感到身體病痛的時候，再加上對公司的營運越來越失去了信心，更激起我對遠在臺南故鄉雙親的殷殷呼喚，我自覺有愧他們對我的期望，於是我開始有轉換跑道的念頭，我是不是應該選擇退夥的時機，儘管我還是那麼對同學的「惜情」。

時間一天的過去，公司的業務並沒有蒸蒸日上的希望，我更感於身體的狀況並沒有改善，我想我不應該怕父母和夥伴對我的失望，而難以啟齒的再拖延下去，最後我鼓起勇氣的表示我的處境，在大家的諒解之下我退夥，拿回部分資金，回到臺南老家的好好思考，如何重新的調整人生步伐。

（2020.04.04 修改）

第二部分　家族記憶

祖厝的共同記憶

接到家族親人從南部打來我手機的電話，主要是家族人有意在臺南後壁安溪寮老家附近的三姊家舉辦一場家族餐會，慶祝母親的 101 歲生日。

當時，因為我人正在外面，手機通話的效果並不好。所以，我想這一短時間之內，無法把我的想法表達得非常清楚，於是我就不便多講，電話很快也就掛斷了。後來又有陸續的聯繫與討論，但我仍無法順利改變她們既有的思維與做法。

其實我的看法很單純，既然是要為母親的生日辦餐會，其地點應該選擇在老家拙耕園祖厝的埕前會比較適當，特別是讓老母親可以回到她朝思暮想的舊居，老人家的心情一定會更高興。

如果因為老家「拙耕園」祖厝的破舊而不適宜的話，那就成為我們這一代子孫的責任。為了聚集家族人氣，以恢復拙耕園的往日榮景，慶祝老母親的生日餐會地點，我的看法是應該改在拙耕園祖厝的埕園前應該會比較適當的地點，也比較深具意義。

每當我看到「拙耕園」祖厝照片的殘破景象，更添加我心裡的感傷。我為了維護「拙耕園」祖厝，和克服某些親人的迷思，於是提議來整修「拙耕園」祖厝。可是經過我多方努力的結果，迄今毫無進展。

我總認為現在祖厝儘管是破舊，但是它至少還存在著我們家族人難忘的共同記憶。我調閱了祖厝的原始資料，最初是登記在父親和叔叔二人的名下，現在叔叔的持份已變更為堂弟所有。

父親過世後的持份，依民法規定應為現在家族的 19 人所共同繼承。如果誰強烈主張要拆祖厝，而未事先徵求共同持有人的同意是會有爭議的。令我我想到【明朝林瀚】版〈誡子弟〉：

萬里修書只為牆，讓他三尺有何妨？
長城萬里今猶在，不見當年秦始皇。

清朝鄭板橋〈六尺巷〉亦有類似上述的文句。話說：鄭板橋為官時，其弟弟為了蓋房子與鄰居爭地，彼此不相讓，以致各向前修起圍牆，阻斷去路。弟弟修書給鄭板橋，希望哥哥幫忙打贏官司，鄭板橋回信時寫了這首詩。鄰居知悉非常感動，遂各自退讓三尺，而成了六尺巷。

我曾構想邀請么妹以毛筆書寫「拙耕園」三個字，並有意請外姪幫忙景觀設計，來整理祖厝和庭園。俗話說：「起厝動千工，拆厝一陣風」。

我對於保存祖厝與維護拙耕園還是抱著希望，也期待族人的意見能趨於一致。只是隨著時間一年一年的過去，我的希望顯得越來越渺茫，甚至於要我放棄了希望。

我的努力嘗試保存祖厝與維護庭園，逐漸從樂觀轉為悲觀。儘管在這過程中，我唯一的叔叔不只一次的建議我放棄，但是我還是有我的堅持，因為安溪祖厝和庭園是我們留傳下來的共同資產與深情回憶。

我對於保存祖厝和維護庭園或許有過於天真浪漫的想法，我希望在自己退休之後能重溫享受祖厝和庭園生活。還有家族中姪女也表示，她願意回安溪寮「拙耕園」幫忙，並提供花種子和協助培植果樹。

如今我已退休了，想要保存祖厝與維護庭園的心願，一再地

沒有進展。眼看著祖厝將倒，庭園荒蕪，更讓我羨慕妹婿回他老家嘉義番路鄉享受果園之樂的情景。

　　我對於保存祖厝與維護庭園還是抱著希望，「拙耕園」是我日夜思念中的一處家園。

（2019.02.19）

最美麗的是同理心

最美麗的心，就是同理心的意涵：

最能展現一個人教養、內涵的情操，莫過於同理心！一個人的同理心或許力量很微小，但眾人若能一起發揮同理心，就可以成為提升社會的驚人力量，為了破除瀰漫世界的偏見和誤解，我們不能不培養同理心。

這段小故事大道理的發人省思文字，我也抒發自己的一點小感觸：

德國哲學家康德（Immanuel Kant）認為，知識是人類同時透過感官的經驗主義與理性的理性主義得出來的論述。

經驗對知識的產生是必要的，但把經驗轉換為知識，就需要理性，而理性則是天賦的。

康德也指出，人類也通過成長環境等範疇來獲得外界的經驗，範疇與經驗一樣都會因為其中的一些因素，而改變人類對外界的看法。

因此，康德結論：事物本身與人所看到的事物是不同的，人永遠無法確知事物的真正面貌。

上引康德的觀點，讓我思及：因為我們家族中的每個人，對於安溪祖厝與庭園的不同成長記憶與生活經驗，造成保存祖厝與守護家園的不同想法。

迄今我們亟需努力建立安溪家族人的同理心，提升我們生活得更有意義和尊嚴，我們才有機會一起打造家族的歷史記憶。

（2018.04.22）

此心安處是吾鄉

龍應台在其書中敘述她回屏東老家照顧失智母親的情節，她說：

當父母開始失智，就是和他們永別的開始。要把握時機，教育自己，也教育下一代。

俗話說：媽在，家在。爸在，天在。有篇《家》的短文是這樣寫的：

小時候，家就是媽，媽就是家。／沒有媽，哪有家。／說是要回家，其實是找媽。／媽媽您在哪兒？在哪兒都是家。／媽媽不在哪兒，哪兒就不是家。／長大後，還是覺得，媽就是家，家就是媽。／不是媽，哪來家。／閒來說想家，其實是想媽。／進了家，先喊媽。／喊不應，去找媽。／見著媽，算到家。

哎……

為什麼？／人到最難處，總是想回家；／人到最苦時，總是先想媽；／人到最無奈，總是先喊媽……／一輩子了，憶憶想想，／哪裡是世界上最美好的家？／讓我大聲說，媽媽！／只有您那溫暖的懷抱，／才是我一生中最感安全幸福的家！……

回溯我們安溪寮「拙耕園」家族，當爸媽在安溪寮時，家就在安溪寮，我們全家人的凝聚就在安溪寮；當爸過世後，媽在高

雄，家就在高雄，我們全家人的凝聚就在高雄。

　　我永遠會記得爸媽在安溪寮「拙耕園」時，擔負最大照顧的是大哥的一家人，還有三姊等親人的就近分憂解勞。我也永遠會記得媽媽在高雄時，擔負最大照顧的是二哥的一家人，還有大姊等親人的就近分憂解勞。

　　對於我這長年旅居在外的打拼人，我總愛蘇東坡寫的〈定風波──南海歸贈王定國侍人寓娘〉，詞是這樣寫的：

　　常羨人間琢玉郎，天應乞與點酥娘。盡道清歌傳皓齒，風起，
　　雪飛炎海變清涼。
　　萬里歸來顏愈少，微笑，笑時猶帶嶺梅香。試問嶺南應不好，
　　卻道，此心安處是吾鄉。

　　我對於陳家人的照顧父母雙親，我始終心存感激、感激、再感激。我出身農家，我也愛引莊稼人喜用感恩圖報的「吃果子拜樹頭，吃米飯惜鋤頭」，捧為自己的座右銘。

　　　　　　　　　　　　　　　　　　　　　（2018.04.27）

跨出一步即成鄉愁

今天很高興又從【安溪家族群組】看到外姪夫婦，到安養院探視他們外婆所引發大家熱烈迴響的畫面。從中可以感受出來家族人的情感交流，也凸顯大家對於家族精神的維護與傳承。

有時候，我會想現在除了母親維繫安溪家族的價值與信仰之外，保存祖厝和守護庭園也是一種傳承家族的價值與信仰。

儘管每個人心中的價值與信仰可以不同，但是我認為共同保存祖厝和守護庭園是我的價值與信仰。如果祖厝倒塌和庭園荒蕪，猶如我的中心價值與信仰崩潰了，那將是我人生有讀不回的遺憾。

我回溯自己從高中時代就離「家」在外求學和工作，離「家」代表著離開父母親身邊，我常引鄭愁予的詩：

> 我達達的馬蹄是美麗的錯誤／我不是歸人，是個過客……／
> 我是來自海上的人／山是凝固的波浪／多想跨出去，一步即
> 成鄉愁／那美麗的鄉愁，伸手可觸及。

特別我也常因體會「多想跨出去，一步即成鄉愁」的滋味，而久久不已。但無奈離家的時間久了，自己也就練就如蘇東坡所說：「此心安處是吾鄉」的功夫，勇敢去面對惡劣環境的挑戰。

這是我對於自己不能隨伺母親在側，與自己未能盡到保存祖厝和守護庭園的心境。即言：心若無處可棲，到哪都是流浪。

（2018.04.29）

讀母親心裡的話

在今（2018）年母親節前一星期的 5 月 3 日，我和內人搭高鐵從臺北出發，前往高雄探視長期住在安養中心的 101 歲母親。

臺北的天氣陰霾微雨，在車上我還是習慣多穿上一件薄夾克，我喜歡輕閉著眼睛，讓自己思緒的無際漂浮著。因為每次南下的家族聚會活動，都給我帶來不同的感受和心思，就如這次的要和母親見面，我就一直想著日本昭和時期大文豪井上靖所描述，當他每次從東京回伊豆老家，探視高齡母親的情景。

火車一到了稻浪的嘉南大平原，睜開眼乍見一大片綠油油稻田，我可以聽到有節奏稻浪的美妙聲音，這就是我永遠視聽覺中的嘉南記憶。儘管現在火車正火速的繼續往南方駛去，而且是逐漸從北部陰涼的天氣轉為更南臺灣亞熱帶型溫暖氣候，我依然陶醉在稻浪的嘉南平原美景。

我和內人從左營站轉搭高雄捷運的走出凱旋站，大姊已在出口處等候著我們，一起迎面來的更是個艷陽天，逼得我要脫去夾克的轉換環境，正如我必須暫時放下整理稿件的壓力，調適自己準備與母親見面的心情。

進入母親住的安養院 6 樓，初眼見到母親靜靜地坐在輪椅上，母親與我交會的眼神，我可以感受出母親急著想喊出我的名字，但她卻突然停了下來，我見她滿臉的惆悵，母親似乎有好多話想告訴我。等到我叫聲媽的時候，她才抬起頭來說「阿壽你來」。

母親還是低下頭沉默著，儘管有些時候她抬起頭來看著我，母親仍然未說一語，但我已經可以感覺出母親的心理反應，她總

覺得自己住院這麼久了，不知何時可以出院，才會有人接她出院，我想住在安養院的母親，迄今還是認為她是因生病住進醫院。

母親的久久不語，直到我挨近她耳邊說話，我以至少已經超過 50 年前的母親慣用語，慢慢講著我小時候住在後壁安溪寮時，她一些經常與我的對話，我慢慢發現母親的臉上表情不再繃得那麼緊，心情才逐漸放鬆下來。

我繼續告訴母親，我在臺北工作，我有遵照她的願望，我在大學教書。我也告訴母親，以前她在鄉下幫我照顧的孫女（甜甜），已經嫁人了，有兩個小男孩，是她的曾外孫。

我再告訴母親，孫子（鹹鹹）已經拿到博士學位，也在工作賺錢了。母親聽了之後，突然面帶微笑還連續拍手說：「將來退休有退休金可領。」

我更告訴母親要她不用擔心錢的事，我每個月都有匯錢進「阿二」（母親對二哥的暱稱）的戶頭，要她安心的住下來。這時候母親的整個心情才舒展開來，最後她還催著我們趕快回臺北，要不然天就快要黑了。

我和內人搭在回臺北的高鐵車上，我感受到火車的快速奔馳，正如人生時光的流逝，母親與我們一代一代的傳承，卻讓我有「家鄉變故鄉，故鄉變他鄉」的感嘆。

（2018.05.12 母親節前夕）

柔情淚

　　見到侄子在【安溪家族】傳來的兩張照片，一張是攝於 1998 年 4 月 15 日，是母親和大哥、大嫂三人在餐廳的合照；另外一張是分別有大哥與大嫂的照片，我根據大哥側背後是馬星野主任委員的喜幛，以及大嫂身背後的楊寶發縣長喜幛，應是攝於 1979 年 3 月底我在祖厝埕園舉行的結婚喜宴。

　　這張照片勾起我的許多記憶，當時馬星野主委還身兼中央通訊社董事長、中國新聞學會理事長，是我的長官。我追隨馬主委工作的那幾年，常常聽到他談起與林語堂先生相交的軼事。

　　這位新聞界的前輩也影響我的崇尚新聞的媒體自由、國際視野和專欄撰寫。這時間點也是楊寶發先生擔任臺南縣長的時期，他的奉獻鄉土精神和愛鄉土意識，啟蒙了我對於認知蔣經國推動本土化、民主化的決心與毅力。

　　我仔細端看照片，大哥、大嫂的年紀大約在 40 歲，我想這時候的大哥應是家庭生活方面過得較為平順的日子。相對我而言，我才正要準備進入社會，開始接受嚴厲生活的考驗，而在這之前的受到大哥大嫂關懷與照顧，令我銘記在心。

　　大哥本在農會有份固定工作，但後來的投入養豬事業則是他人生中的最大轉折，尤其到了後期財務上的周轉困難。每次我看到大哥辛苦工作的不捨，以往他在我們 9 位兄弟姐妹心中的剛烈印象，曾幾何時，說話語調和態度竟變得是如此無助、無奈。

　　回憶起大哥曾打電話期盼我協助他度過財務難關的困境，讓我很難不顧及兄弟之情，我還是冒著極大擔保財務信用危機的風險，協助他度過一段極為吃緊的期間。

　　當父親中風變成植物人的七年後後撒手西歸，在辦完父親的大事之後，我曾當面問過大哥，現在留下母親在鄉下怎麼辦？大哥毫不遲疑地說：「你出外人，你就不要掛念這事了。」大哥的話，至今我還深深的記在腦海裏。

　　大哥的事業，後來一直未能好轉，迫使他們不得不遷居他處，也才影響大哥一家人對年邁母親的照應。隨著母親身體狀況的逐漸老去，已不允許她繼續獨居在鄉下老家。

　　母親移住高雄的生活起居，轉由二哥一家人來承擔，這又是一段讓我難以釋懷的兄弟情。10年後，母親住進安養院。

　　我還記得大哥在過世的前幾年，我體會到他在經濟上的結据，所以每次的見面，我都會想辦法硬塞給他零用錢，回報他正如以前對我及家族人的照顧，我總不忍見他剛烈個性背後而流下的柔情淚。

（2018.05.17）

田地眷戀

　　為審修《臺灣政治經濟思想史論叢》的文稿，我特地在臺北城市大學圖書館查閱資料，翻閱了 1990 年 8 月國立中央圖書館臺灣分館編印的《臺灣文獻書目解題》，而在其編輯的第一種方志（六），介紹了〈後壁鄉志〉。

　　我閱讀了該書對於〈後壁鄉志〉的介紹，茲引文內敘述：

　　本志始纂於民國七十三年（1984）十一月，七十五年一月完稿，六月由後壁鄉公所印行。

　　而在該文後，特別附有書影的〈安溪寮地沿記〉。我仔細閱讀其中的一段記載：

　　大部份住民由大陸福建泉州府安溪縣渡海遷居本地，民情純樸、務農為主，以稻作、甘蔗作為主要農作物，間作物有花生、豌豆、大豆等雜穀為副，迄民國前二年三月（日治時期明治四十三年三月）新設立烏樹林製糖所（臺糖烏樹林廠）後，原料甘蔗種植者及從事糖廠職員，工人者日增其數。配合鐵道（糖業）公路開發，商戶、住戶、職員宿舍漸增，頓時成為一所農、工業繁榮之一個鄉村小鎮。

　　上引〈安溪寮地沿記〉的這段安溪寮地區民情及產物的文字記載，貼切地描述了我們陳家在安溪寮的生活情景。父親生前在烏樹林糖廠工作，母親則是負責農地作物的種植。

　　父母親不僅合力撐起了這個家，養育了我們兄弟姊妹 9 人，更令人敬佩的是在節儉持家之餘，還增購了田產。

　　父母親努力的經營田地種植，一直到父親中風之後才轉讓分割給我們，母親也因為需要專心照顧病中的父親，於是商議將農地委請我們的阿叔幫忙耕種。

　　母親儘管後來住進高雄的一家安養院，但她還經常會提起稻子收割的往事，還說她很想回臺南後壁的安溪寮繼續種田，可是她又會馬上改口說，如今人老了，腳也走不動了，已經沒辦法再到田裡種田了。

　　這話出在高齡 101 歲的母親口中，不僅僅讓我感慨：她對於老家的思念更深更重了，還有她眷戀著那幾畝養育我們長大的田地情懷。

（2018.05.25）

因為愛著……

我有位曾任職於臺南縣政府的至親傳來,〈餘生不長,和有趣的人在一起,做有趣的事〉一文,引用了愛爾蘭詩人王爾德說:

這個世界上好看的臉蛋太多,有趣的靈魂太少。

所以,和「有趣的人相處,才能做有趣的事」、「我們要一起做有趣的事!做有趣的人!」

這讓我想起林語堂在《生活藝術》裡所要探尋的快意人生,以及讓我聯想起有一年,我們一群熱愛藝文的同學,曾與擔任臺南《中華日報》副刊主編、總編輯的老友聚會,席間討論準備安排一次出遊的事,如何使得這活動成為有趣之旅。

正當大家為參加人選與出遊地點,熱烈交換意見,希望能避開:「這個世界上好看的臉蛋太多,有趣的靈魂太少」的時候,這位老友講了一句至今天我還記得的話,他說:「人對了,連去垃圾堆都好玩。」這話或許與「和有趣的人相處,才能做有趣的事」有異曲同工之妙。

這裡我再引來文:「如果你碰到一個有趣的人,請一定要珍惜。」我理解這似乎意涵著「如果你碰到一個有愛的人,請一定要珍惜。」這更是我從「有趣的人,會讓你更加熱愛生活」的另番解讀。

我的人生觀:「因為有愛,所以愛著父母;因為有愛,所以愛著妻兒;因為有愛,所以愛著鄉土;因為有愛,所以愛著家園;因為有愛,所以愛著祖厝;因為有愛,所以愛著家族;因為有愛,所以愛著……。」

　　這在我邁向古稀的年紀，如果可稱是「餘生」的話，我們當互勉「時光飛過留不住，只有好好把握當下，我們要一起做有趣的事！做有趣的人！加油。」

　　我也當更深切去體會「老，因為愛著的境界」，和一起「因為愛著……」的人相互扶持，牽著小手，散步在愛的小路上，共度有愛的餘生。

（2018.05.31）

大道無言

　　大姊傳來她從臺南到高雄安養院探視母親的照片。照片裡的母親眼神凝視著遠處，沉默不語的若有所思，讓我感受到母親似乎帶有一種無法言語，欲言又止的失落感神情。

　　大姊現住在臺南市東區，她習慣在家裡準備好雞肉粥、虱目魚湯等幾樣適合老人家的食物。然後，大姊從臺南出發，乘坐臺鐵火車到高雄站，轉乘高雄捷運在凱旋站後，再搭公車，一路顛簸到安養院，探視年邁的母親。

　　大姊出生於臺灣光復前 1 年，在她之後，母親又生了她的 2 位弟弟和 4 位妹妹。有次我從臺北南下探視母親，她老人家還特別向我提起，在那個民生物質缺乏的年代。

　　大姊的故事是她曾經將那煎好的一顆荷包蛋，儘管這是母親為她特別準備的便當菜，當她看到弟妹望著那聞起來是香噴噴，且呈金黃色荷包蛋的渴望眼神，她立即將一塊一塊的分給弟妹們食用。

　　母親看見這種情景，還問她說：「妳自己便當都沒菜了，那妳去學校怎麼辦？」大姊回說：「我沒關係，到學校拌開水吃就可以了！」

　　母親還娓娓道來，大姊原本還有機會上高中念書，但是母親希望她留下來照顧弟妹們，大姊也為了照顧我們而犧牲她自己的大好前程。甚至於後來大姊也有個機會，可以到當時位在新營的團管區，當個小職員的上班族，但她為了照顧弟妹們而放棄了。

　　母親對著我，訴說著大姊過往為陳家的奉獻與犧牲。我猶記得母親當時充滿著對大姊感到虧欠的臉上表情，正與大姊所傳來照片裡母親的神情一樣，我可以感受得出來母親的心境。

　　母親此時緊閉雙唇的無聲勝有聲，亦在凸顯沉默情感是金的樸實無華，亦如孔子說：「予欲無言」，也有：「如來所說法，皆不可取，不可說」的意境。

　　大姊傳來母親的這張照片，也提醒著我：「老，大道無言的人生境界」。母親的老，是我身為子女探索無盡智慧的啟迪；母親的老，是我身為子女追求崇高境界的昇華。

　　如今大姊也已近 80 歲了，我看到大姊堅強個性和開朗的神情，我始終心存感恩。

（2018.06.04）

手藝聯想

接到臺北城市大學寄來參加畢業典禮的邀請函，和學校圖書館為了推廣閱讀風氣，特別推出只要借一本書即獲贈一顆粽子的活動，我猛然感受到今年端午節的日子已悄悄地近了。

移居臺北多年，每年端午節總會想起母親包的粽子。我習慣吃母親親手包的口感和香味，可是母親年紀大了之後，已經無法展現她老人家的獨到手藝，所幸這手藝已由大姊、三姊傳承下來。這些年來，她們姊妹合力包粽的寄上來，我才得以有口福繼續享用有媽媽味道的南部粽子。

三姊的特殊才能，不只展現在包粽子上，舉凡裁縫、編織、土風舞等才藝，無不樣樣精通而聲名遠播，她所教導的學生，更是桃李滿鄉鎮。

三姊自小手腳動作靈巧，她開始學做裁縫的時候，正是我1963年念省立後壁中學初中一年級，在那個年代學校服裝大小的特點，就是一年級時穿起來顯得大些，二年級的時候正合身，三年級的時候就要「放線」才穿得下。

我記得新生入學之後，因為三姊幫我做學校制服的短褲，非常合身，與其他同學的寬寬大大，相形之下，我的卡其色短褲顯得格外流線型，導致班上的老學生對我另眼相待。

其中亦曾有同學對我冷語熱諷的同學，我印象特別深刻他家就住離學不遠的烏樹林糖廠附近，而且還是我安溪國小老師的小孩，只是他到了下學期就轉到新營某所學校的初中了。

　　我在外地唸高中的時候，除了學校規定的卡其色制服之外，我的外出西褲也都是出自三姊的親手縫製。

　　回溯 1970 年代之後，儘管臺灣的紡織業慢慢發展起來，但是有些地方還是盛行由裁縫師親自縫製的方式，三姊不但在新營、後壁等地區開班授課，而且許多社團和地方人士都還指定三姊幫忙量身訂做衣服。

　　隨著時代變遷，百貨公司與成衣服飾業的興起，儘管請裁縫師縫製衣服的風氣不再，三姊也已屆古稀之年，但是有些特別交情的朋友，若是請她幫忙，她還是會展現她的好手藝，她也希望好手藝能傳承下去。

（2018.06.10）

父親的病房

　　看著姪女又專程到高雄安養院探視她阿嬤,而且正用湯匙一瓢一瓢餵食阿嬤的照片,真令我感動。

　　姪女不僅是對阿嬤非常孝順,當年她阿公中風成為植物人之後,儘管當時阿嬤身體還硬朗,可以照顧阿公,而且還有大哥一家人的就近看護,但是身為姪女的她,總是時時刻刻盡心盡力的從旁協助。

　　當時父親臥病在床的這一房間,正是 1970 年代我念大學時候的書房所改裝修而成。這房間不是我們老家祖厝主體的部分,而是因為大哥婚後有了小孩,父母親特別在主體左(西)側的靠馬路邊所加蓋的。

　　這部分還包括了有間餐廳、廚房和小小浴室,而主體原右(東)側的部分房間則讓給大哥一家人使用。

　　父親自重病臥床不起,直到 1991 年過世的 7 年間,姪女最感人的照護工作,就是她每天上班之前和下班回來,一定都會到這病房來探視阿公。當發現阿公的鬍子長了,她負責刮鬍子;當阿公的指甲長了,她就負責剪指甲。

　　當然俯身摸摸阿公的面頰,讓阿公感受親情,只要當阿公臉上露出些微表情的反應時,這更是姪女每天期待能出現,而且感到非常欣慰的一件事。

　　姪女在高雄安養院餵食母親的畫面,不但讓我回憶起 30 年前她在安溪寮舊家的病房裡,照顧父親的感人情節,我感受到姪女孝順她阿公、阿嬤的那股溫情。

　　然而，當我見到我書房、父親病房，如今是落得如此殘破不堪的景象，還有那荒廢的「拙耕園」庭園，卻又讓我不禁更感傷起來。

　　陶淵明有二首〈移居〉詩，其中一首的有句：

敝廬何必廣，取足蔽床席。鄰曲時時來，抗言談在昔。

　　我欣賞陶淵明住家何須高牆大院，小屋能夠擺得下床位就好；能與心思純樸的人晨昏相處，相互討論現在和過往的事。那是最令人嚮往的快樂事了。

（2018.06.15）

母親是公共財

日前收到學校寄來〈教職員退休所得重新審定通知書〉，轉知略以：「每月退休所得重新審定結果……自 107 年 7 月 1 日起，依重新審定結果，按月發給退休人員。」這是中華民國所有軍公教警消退休人員，必須面對政府公文書通知年金改革的課題。

我面對這種年改之後的生活狀況，和對照矛盾文學獎得主周大新，在其小說《天黑得很慢》的對老齡生活描述，人從 60 歲進入老境到天完全黑下來的這段時間，有些風景應該被記住：

> 第一種風景，是陪伴身邊的人越來越少，你必須學會獨自生活和面對孤獨。第二種風景，是社會的關注度會越來越小，你得學會欣賞後來者的熱鬧和風光。第三種風景，是前行路上險況不斷，你得對此提高警惕和把錢花在刀口上。第四種風景，是身體健康的狀況越來越弱，你得學會與病生活和視病如友。第五種風景，是準備回到床上生活，你得學會去接受別人的照料和懂得感恩。

> 林語堂在《八十自敘》中也有一段話：

> 我們回顧一生，覺得此生不論是成是敗，我們都有權休息，悠哉遊哉過日子，享一享兒孫繞膝的快樂，在近親環繞中享受人生的最高福祐。

我心繫母親百歲是長者智慧，「母親是我們家的公共財」，我想努力鋪陳《天黑得很慢》周大新小說的「為天黑以前的風景鋪

一層溫暖的底色」；我也嚮往達成《八十自敘》林語堂人生的「在近親環繞中享受人生的最高福祐」。

　　我常檢討自己和忖量大家是否善盡這份為人子的責任。

（2018.06.21）

親情與鄉情

今早在 FB 與人分享去（2017）年的今日，我寫〈書櫥的聯想〉的這一則動態回顧。我補註了以下文字：「敘述我的大妹購買書櫥送我的一段情節，往事如煙，但我永銘在心，特誌下，不敢稍加或忘。」

這一則動態回顧的分享，同時我也將其分享到【安溪家族群組】，幾分鐘過後，大姊即傳來她、二哥、外姪和母親的合照。照片中，我觀察到坐在輪椅上母親的臉上並無表情，精神似乎不是很好。

想想母親現已 101 歲高齡，儘管有親人探望，也難冀望她每天的身體狀況很理想，每次臉上都能露出笑容可掬的表情。我心有戚戚的文字致上「二哥、大姊早安，媽媽都好吧，想念！」接著大姊回文：「媽媽喝了魚湯和吃了芒果和葡萄。」

大姊回文說媽媽喝了魚湯和吃水果，我才釋懷。FB 的情感傳輸，也讓我聯想起日前同在 FB 出現一位多年不見的好友，我留言：「建森兄，久違了。我是陳添壽，向您問好。」很快地我收到他的回文：「添壽兄，久不見，有思念！多珍重！」

建森兄情深義重文采的回文流露，不愧有「禪燈居士淡泊書生」雅號。初識建森兄，是在其安排的一家典雅飯店，貴賓多數來自臺南的鄉親，其中有位是他擔任佳里鎮農會總幹事的至親。

當時建森兄已在銘傳大學經濟系教授兼主任，之後他又榮任藝術中心主任、社會科學院院長等要職。建森兄擅於也收藏書法

字畫，承蒙他致贈我親筆的鍾馗畫像一幅，和大作《金融管理》一書，十分感謝。

建森兄家學淵源的文人雅士風範，或許受到文風鼎盛，他老家古都臺南的薰陶，尤其佳里地區又是臺灣早期蕭壟社的歷史起源，是一個充滿文化氣息的地方，也孕育了多位南瀛文化的代表性人物，如吳新榮、郭水潭、蘇新等。

今日我感染從 FB 照片和文字傳輸來的情感效果，慰藉了我對母親的親情想念，和觸發我對禪燈居士的鄉友情思念。

（2018.06.24）

重讀井上靖《我的母親手記》

日昨的中午，大姊從臺南搭車到高雄安養中心探視母親，在
【安溪家族群組】傳來母親照片的畫面，但未留有文字的敘述。
到了傍晚，二哥也從群組傳來：「晚餐問母親下午什麼人來，母親
回說：有阿銀來喔，明天再問她就會說，都沒有人來」。

過了幾分鐘，大姊傳來：「可是今下午我去問阿娘（母親的暱
稱），我是誰？她都笑笑，第三次再問她，我是誰？」娘就說：「阿
子」〔大姊閩南語名字的暱稱〕。吃完魚粥，我問阿娘昨天有誰來？
她又笑說沒有。我就講說：「是阿銀喔」，娘就接著說：「阿銀 ê
查某囝有來」，我再問：「娘幾歲？」娘就說：「100 歲。」

緊接著，二哥傳來：「辛苦」。期間亦有孫姪輩也傳來「讚」
的畫面，三姊也傳來：「大姐有妳真好」。大姊回傳：「大家都好，
相親相愛，昨晚阿銀有來臺南我家坐一會兒。」

我要感謝 line 的功能，讓我人在臺北也能分享家族人探視母
親的溫馨氛圍。對於高齡母親的心境感受，能有兒孫輩隨時圍繞
膝下的隨侍在側，那應是每天生活愉快，和感到最安慰事的期盼
了。

對我而言，每逢這種情景，尤其現在正是瑪麗亞颱風暴風雨
來前的寧靜時刻，我更感到心中的一份自責，自嘆旅居在外的為
生活奔波，又沒有足夠生活條件安頓母親的自家照顧。

二哥 line 的內容裡，隱約透露信息，讓我感受到母親似乎有
失去記憶的徵兆，乃至「失智」之虞。

或許母親只是因為衰老，導致的沉默不語，和腦力逐漸出現退化的失憶結果，其現象也有如日本作家井上靖在《我的母親手記》一書中，對其母親所深切的描述：

> 母親遺失了所有關於歡樂的記憶。同樣的，不愉快的記憶也消失無蹤。她失去了父親的愛，以及對父親的愛。

我重讀了大文豪井上靖的對母親記述，我細思量當他面對母親逐漸老去時心境轉換的書寫；我也翻閱了我之前蒐集井上靖有關於書寫〈遺忘〉的一篇剪報，我亟欲想要從其文字的思緒中，找到一絲絲可以減少自己因為無法隨伺母親的自責。

我當更加深深地體會，和感受唐朝李商隱對其人生的感嘆，特別是他在《暮秋獨游曲江》詩：

> 荷葉生時春恨生，荷葉枯時秋恨成；
> 深知身在情常在，悵望江頭江水聲。

（2018.07.10）

母親的孤寂

　　日前大姊傳來她從臺南到高雄安養中心探視母親的照片，我見到母親照片，心情既是興奮，因為又有親人隨侍母親身旁，讓老人家可以感受溫情；但我心情也有點擔心，高齡母親的身體情形，因為老人家很可能每天有不同的狀況發生。

　　我想了想，心裡開始有點擔心起來，就 line 大姐問說：「大姊，阿娘（大姊習慣對母親的稱呼）還好吧？我剛才看到妳 po 上網的照片，阿娘的嘴唇好像有點歪斜？」大姊回：「沒牙齒的關係」；我又 line：「南部天氣也一定是很熱吧？」大姊回：「今天悶熱，阿娘精神沒有很春風，食慾和上回差不多。」

　　我再給大姐 line：「大姊辛苦了，外姪現在還常去看阿娘嗎？」大姊回：「有，星期日下午都有來，外姪上星期五晚上回新營市，星期日下午傍晚回高雄，大妹都準備吃的東西，要外姪帶來餵她阿嬤。」

　　我的心情較為平坦些，也給 line 大姐請教：「我記得以前在安養院，有一、二位跟阿娘同住的室友，她們好像處得滿融洽的，聽說現在已不住那兒了嗎？」

　　大姊回：「聽說新蓋好的安養院，漲價 3 千元之後，那二位就被其家人領回去了，自從那二位的離開，阿娘感覺好像變得沒安全感啦。」我回：「了解，是失落感」。

　　我跟大姊 line 結束後，心中有一股悵然的升起，高齡母親的住進安養院，本就有些許的無奈，情緒上的起伏在所難免，雖然二哥每日過去陪她，或一起用餐，外姪和大姊每星期也都帶去適

合她老人家食用的東西，但是照片裡母親眼神和臉上表情仍顯得非常鬱悶似的。

　　我想平日可以與母親親近交談的人已經少了，現在又加上這二位原本與她同住的室友搬開了，讓她更顯得孤獨。當我心中實感不捨之際，也都只能寄情書寫的方式，來沉澱自己，給一個自我合理化求得原諒的說法，並期望在適當時間能南下探視，好讓母親的心裡安穩些。

　　室友搬離帶來的母親更加孤寂，也讓我聯想起那年，是 1966 年新化高中剛脫離臺南一中分部，獨立設校第一年上學期我的在外寄宿生活，那是我第一次離家在外求學，我從老家後壁寄宿在新化。那時我的室友姓吳，他老家在白河仙草里，我們同是高一新生。

　　異鄉寄宿生活的夜深或是例假日，當我靜下來孤寂的湧上心頭，我們也都會想念起故鄉家裏的溫情和歡樂，導致我在新化高中只念了一學期，到了下學期就轉學回到不用寄宿在外，離家比較近的新營南光中學了。

　　而當下我的想到母親孤寂，讓我的心情更加難受了。

（2018.07.20）

女性文學之外

近年來拜 line 群組的方便，使得信息可以即時傳遞，成為大家日常生活中不可缺少的一條溝通管道。

以我為例，我們至親就透過【安溪家族】的群組，彼此貼上活動的消息，我也就可以從中得知家族人的生活動態，而現在在【安溪家族】群組最想、最盼望的有關母親的生活情形。

母親住進安養院之後的近幾年，讓我變得更注意報紙上有關與母親年齡相近女性的新聞。印象最深刻的是聶華苓女士寫《三輩子》和齊邦媛女士寫《巨流河》的出版報導。

1925 年出生的聶華苓，當 2011 年她在聯經公司出版《三輩子》的這本大作時，她已是 86 歲的年紀，這書內容記述她一生的回憶。

1924 年出生的齊邦媛，當她 2009 年在天下文化出版《巨流河》的這本大作時，她已是 85 歲的年紀，這書內容也是記述她一生的回憶。

聶華苓與齊邦媛的成長過程，有一項極為相似的環境背景，都與雷震主持的《自由中國》雜誌有所關聯。

聶華苓是 1949 年即加入《自由中國》雜誌的編輯工作，特別是文藝版的主編。1960 年《自由中國》停刊後，曾於台大、東海任教，1964 年赴美之後，一直定居在外，乃至完成《三輩子》一書。

齊邦媛的父親齊世英，資深立法委員，1960 年與雷震、高玉樹、李萬居、許世賢、郭雨新等人共同籌組「中國民主黨」。齊邦

媛則是在台灣大學教書。2005 年她隻身搬到桃園「長庚養生村」獨居寫作，乃至於完成《巨流河》一書。

　　我母親出生於 1918 年，比聶華苓與齊邦媛的年紀稍大 6、7 歲，母親與這兩位大作家最不同是，母親出生在日本殖民臺灣的時期，母親沒有接受完整教育的機會。

　　母親雖然不識字，但以她年輕時期經常受邀在喜宴上，「牽新娘」吟詩唱句的豐富經驗，母親當識字的話，相信她也一定可以寫出好的作品來。

　　我敬佩齊邦媛教授的歡喜住進安養院，我也祈願在安養院的高齡母親，如同可以享受尼采所說「孤獨中的強者」，享受孤獨存在的樂趣。

（2018.07.23）

歸途雜感

日前北部地區的高溫達 38 度左右，我們祖孫三人在桃園國際路準備搭 9009 公車回臺北。

在夏日炎炎的正午時刻，我不停用濕巾為外孫拭去頭上不斷冒出來的汗滴。所幸等車的地方還蓋有小候車亭，但我們也只能無助地抬頭望著看著艷陽天，無奈地煎熬 25 分鐘才見到回臺北的車子過來。

祖孫上車找位子，已無剩下可以並排坐的位置，我們只能選擇分開，內人坐第 3 排，外孫坐 4 排，我緊接其後，坐在第 5 排。

我擔心外孫剛才流汗多，車上冷氣強，趕快從後座遞上女兒預先幫他準備好的薄外套，外孫接上穿好之後，我再從後座觀察他的坐姿動作，應已進入睡夢中。

車子在高速公路上疾駛，我人雖有點累，但無睡意，我靜靜閉上眼睛休息。我思索我很難得有與母親一同搭車出外的記憶，如今我竟找不著有張與她出遊，或是一同在外地的合照。

印象最深刻中的一次，是在 1950 年代末期我念小學時候，我生病從新營林外科醫院出院的時候，母親和我搭在一部載貨用的馬達三輪車後座上，沒有敞篷，母親和我暴露陽光下，從新營回到後壁安溪寮家，母親一直撫摸著我病後瘦弱的手。

當我想繼續思索我可還有更刻骨銘心記憶時，車子正在下高速公路，坐我旁邊旅客按了預備在中央新村站的下車鈴，鈴聲似乎驚醒了睡夢中的外孫，當我鄰座客人一下車，外孫即刻回過來

坐在我旁邊，我撫摸著外孫的手，也不是長得很有肉，讓我更懷念起當年母親給我的感覺。

這種感受，如今高齡母親 101 歲，外孫也上國小 1 年級，對我們勾串的雙手，傳遞著家族親人的血脈記憶，那股暖流從我心中升起直上心頭。

不願忘！亦不能忘！怎能忘！

（2018.07.27）

賀二哥模範父親感言

得知二哥今年榮獲模範父親的好消息，我即刻分享了二哥的榮耀，並恭禧二哥。這是長期以來，二哥為人處事的優良表現，其所經年累月下應得的成果，是二哥個人的榮譽，更是家族人學習的楷模。

母親在 80 歲那年，從臺南後壁安溪寮老家搬入二哥的高雄住處，乃至 2006 年母親在 90 歲高齡時不慎跌傷髖關節，經住院療傷治癒之後的住進安養中心迄今，已歷 20 年寒暑，二哥的晨昏定省，悉心照料，才有今年為母親 101 歲的祝壽餐會。

正如曾任臺南縣民政局局長的二姊夫黃德旺在【安溪家族群組】所言：「我覺得更光榮的是這位模範父親是一位年近八旬的祖父，我早就看在眼裡！尊敬在心裏！二哥加油！二嫂加油！家族們加油！」亦如家住新營的妹婿林文舉亦在群組回應：「恭賀二哥榮膺模範父親的實至名歸。」

回憶父母親早年在臺南後壁鄉下的攜手打拼，贏得鄉里的好評，亦曾先後榮獲臺南縣模範父親、後壁鄉模範母親的表揚，這殊榮一直庇蔭我們這些子孫們。

這段家族歷史的光榮事蹟，如今有了二哥的傳承，不但讓我們家族人感到榮幸，卻也倍感受到責任壓力的重大。但盼家族們的更齊心努力，裨益家族聲譽的代代相傳。

（2018.07.29）

祖孫情深

　　《軍師聯盟 2》一劇正在中視連播，近日我看到司馬懿（吳秀波飾）與其二子司馬昭的一段對話，演得真是精彩。

　　司馬懿責問司馬昭到底與何晏講了哪些話？並嚴令要司馬昭不能外出。司馬昭回說：「爹，是要軟禁我」之後，司馬懿背著司馬昭離去，才剛走了幾步，回頭望司馬昭，此時司馬昭亦正轉回頭望司馬懿。

　　當父子二人相知眼神交會的靈那一幕，激起母親曾告訴過我的一段趣事。

　　1982 年左右，當我的兒子才約 2 歲還留在臺南後壁的老家，托他爺爺奶奶幫忙照顧。通常午睡的時候，他奶奶會先陪他、哄他，等他睡著之後，奶奶才會起身來忙著別的事。要是在他尚未睡著之前，如果奶奶一起床，他還會偷偷地跟著起來，溜出屋外找同伴玩。

　　有一回，當奶奶陪他睡過一會之後，看他眼睛閉著已經睡著了的樣子，就起身踮腳走到房間外，並躲在房門邊試探等候著，此時兒子也偷偷起床，走到門邊正準備溜出去，這突然間祖孫二人眼神交會，「喔……」的喊了出來，祖孫二人同時大聲地笑出來，這情景流露的是祖母呵護孫子的甜蜜記憶。

　　如今，我也已有兩位可愛的外孫，我們總期盼他們回來，當只是其中一位單獨回來時，家裡還可顯得安靜些。

　　但如果兄弟同時回來，我這身為公字輩的，就得煞費苦心協調他們的爭執，左右難為，真是拿他們無法度。有時還是會忍不

住動了氣，但之後又總覺得很心疼，這些酸甜苦辣都充分流露了
祖孫間的深情。

（2018.08.03）

父親節禮物

今天儘管是父親節，我仍往常地以拖地活動筋骨的方式來替代晨間運動。或許是屬於有關自己的特別節日，心思起伏的感觸比較複雜，當拖地到客廳時，想起母親曾經告訴過我的一段情事。

我們家共有兄弟姊妹 9 人，自大哥於 1939 出生以下，幾乎每隔 2 年就接連有弟弟或妹妹的出生。以我排行第 6 為例，上有兄長 2 位、姐姐 3 位，下有妹妹 2 位、弟弟 1 位。

1950 年代左右，當我在 5、6 歲之時，正是我家小孩成群，而且正值是需要父母親照顧的年紀。可是父母親實在分身乏術，照應不過來。母親說有時候我們這些小孩子哭一哭，累了之後，自己就趴在地上睡著了。

母親又說，有些時候父親下班回來，要進客廳的時候，看到我們這群小孩子一位一位橫豎趴睡在地上，真無從下手，不知要先從哪一位小孩抱起來，在不驚醒的情況下，好讓小孩可以上床繼續安眠睡覺，最後父親只好被迫選擇輕輕地跨過我們的身體，走了過去。

母親講了這則情事，凸顯父親當時是如此的無奈又無助，父親背負全家人生計的沉重壓力。

正當我回想起母親告訴過我這檔父親的辛酸往事時，家裡樓下的電鈴突然響了，我想怎麼早上 8 點鐘就會有人找上門？原來是郵差先生送來了掛號包裹。

　　我打開一看，是元華文創公司送來已經印好《臺灣政治經濟思想史論叢》（卷三）的紙本。我突然有了奇想，這不正是父親節我可以獻給先父的最佳禮物嗎？

　　在我近古稀之年的時刻，謹以出版這套叢書，來告慰先父的在天之靈，和獻給今年 101 歲母親的禮物。

（2018.08.08 寫於父親節）

母親開刀記

　　日前大妹和妹婿等一家人到高雄安養中心探視母親，特別傳來關心母親手指頭腫大疼痛的照片，看了儘管心裡真是感到難過，但是仍要感謝上蒼，天佑我們家族！家族人的彼此盡心盡力，讓我們享有這人間福報。

　　記憶中母親最嚴重的一次病痛，應是在 40 年多前，當她約 60 歲時的罹患子宮下垂病症。那時候新營，甚至於臺南附近的醫院設備還不是很完善，母親在多次看病之後，病情並未獲有改善。

　　記得當時我的小孩請母親幫忙照顧，我們從臺北回安溪寮探視小孩得知此狀況。幸好當時認識良醫李卓然教授，於是安排母親北上臺大醫院門診，並且由大姊陪同母親與我們北上。

　　印象中的門診當天，么妹也特別趕過來幫忙，就在醫生看診的過程，么妹看到母親子宮下垂的嚴重情形，驚嚇得奪門而出，傷心的哭了起來。之後李醫生診斷的結論，決定開刀切除。

　　據當時院裡其他醫生和護士的說法，當時李醫師不但是這方面的醫學權威，而且當時採取手術的開刀方式，還是國內最先進的技術。母親在住院的 10 天裡一切都很順利。

　　還有二件事的小插曲很值得記述下來，一件事是母親動完刀送到普通病房時，由於麻醉藥效逐漸失靈，母親開始感到痛苦，於是護士又來打了針之後，母親在昏睡之前，還叮嚀有人來探病的話，一定要叫醒她，以免失禮，可見母親開朗的個性之一般。

　　另一件事是原本預定住院 7 天恢復良好的話即可出院，後來醫生建議，病人住家遠在臺南，還是再多住一、二天等病情更穩

　　定才出院比較妥當，我們家屬接受了，但是遠在安溪寮的親人誤解以為母親的病情有變化，於是請三姊特地北上帶來清水祖師的保佑符，要給母親飲用，以有助於病情。

　　母親命大福大，40 年以前在臺大醫院開刀治療該病症之後，就一切都調養得宜，天佑今年高齡 101 歲的母親。

（2018.08.13）

多少感恩多少福報

今天全日從屋外傳來的是中元普渡盛事的法會聲音，讓我不禁想起大家常喜歡掛在嘴邊的「心中有多少感恩，就跟隨多少福報」這一句話來。而這句話得以不斷地受到許許多多信眾的傳頌，想必有它存在深層的人生意義。

或許這是勸世人處事要充滿「感恩的心」、「與人為善」，和宗教信仰裡強調「善有善報」、「人間有愛」的意涵，是在彰顯情愛之中蘊藏有宗教情感。

我聯想起蘇東坡 58 歲被流放惠州時，為愛妾朝雲寫的：

> 白髮蒼顏，正是維摩境界空。空方丈，散花何礙。朱唇箸點，更髻鬟生采。這些個千生萬生，只在好事心腸，著人情態。閒燭下斂雲凝黛。明朝端午，待學紉蘭為佩。尋一首好詩，要書裙帶。

白天過了，夜裡我靜坐書桌前，細想「心中有多少感恩，就跟隨多少福報」的有著更深的感觸。

心中感觸的，當然是無得比蘇東坡的愛情和文采，我沉思我大比蘇東坡年紀的近古稀日子，我是應該回首過去歲月，我心中是應該要有多少感恩，對曾經養育過我的雙親、對曾照顧過我的兄姊們、對曾培植過我的師長們。

我當然也期望，那帶給我歡樂的小孩和孫子，在他們代代相傳的也都能理解，為國家社會、為家庭親友做的多少事，心中有多少感恩，就跟隨多少福報的信念。

（2018.08.23）

家在心的深處

報載：南部大雨真如「炸雨狂下」的終釀成水災，臺南地區加上農曆 15 日漲潮和白河水庫洩洪，白河、後壁、麻豆、學甲和安南區至今淹水未退、災情慘重。

近年來農民生活已過苦了，這次再發生天災，簡直雪上加霜，迫使總統蔡英文不得不搭雲豹裝甲兵車視察災區。

想起今年 85 歲，剛過世不久的 2001 年諾貝爾文學獎得主奈波爾爵士（Sir V.S. Naipaul），獲獎時瑞典學院是形容他畢生為文學的旅人，他真正的家永遠只在個人深處，在他那不可模仿的聲音中。

或許每個人對於自己的過去、或整個家族的榮辱，乃至於國家社會的盛衰，都難免會有幾分如另外一位諾貝爾文學獎得主海明威所感觸：一個人會去寫作，也許都有不快樂的童年。

奈波爾和海明威這兩位同是後殖民主義時期的大文豪，其一生漂泊遭遇的面對自己家國。所以，奈波爾才感觸「真正的家永遠只在個人深處」，和海明威「一個人會去寫作，也許都有不快樂的童年」。

我看著政府官員視察災區，和了解到自己臺南家鄉嚴重水患的慘景，想想臺灣生活在後殖民時代的日子，雖已經歷經了三次的政黨輪替，我可以想像奈波爾爵士他之所以為敘事界的泰斗，是因他個人的回憶，他記住人們所遺忘的戰敗者歷史的偉大。

相較於我們這些平凡百姓人家所扮演著邊緣人角色，更想想奈波爾爵士說的：

我學會寫作時，便主宰了自己的命運，變得非常強大。直到今天，這股力量仍在我左右。

或許我們真誠地感受和記述了這次臺南家鄉的水患，讓這股變得非常強大的力量，在日後回溯的這段艱辛歲月裡，說不定就會開花結果。

（2018.08.27）

親情牽繫鄉情

　　大姊在家族群組 po 了照片，我看到之後，隨即 line 問大姊：「是今天拍的嗎？」大姊回說：「是的，下午么妹從臺北下來，我從臺南出發一起去高雄看阿娘，剛好遇見廖氏親戚，所以她也一起去看阿娘。」

　　大姊所提到的廖氏，是母親娘家廖氏的至親，應是母親的姪女，我該稱她為表姊。我想她應該也是感到很興奮可以隨同探視已經多年未見這位今年已經 101 歲的表姑姑了。

　　我從么妹幫忙拍母親、大姊、表姊，她們三人合照的相片看起來，母親、大姊和表姊的心情和精神都顯得非常愉快。

　　母親的娘家就在我們臺南後壁區頂安里，我想想我的這位表姊，我也已與她有 30 多年未見面了。印象中我記得她是嫁給我們同村子的林姓鄰居，她先生從警察學校畢業後就擔任人民保母的工作，服務地區也大都是在雲嘉南地區。

　　論稱謂這位警察是我的表姊夫，不但從小與我同村子一起長大，而且後來因為表姊的關係，我們還結成親戚，但是因為我常年在外的關係，見面機會並不是很多，儘管後來我在警察大學擔任教職，還是很難有機會聚在一起。

　　臺灣在 1970 年前後，鄉下小孩子長大之後，投考警校的風氣非常普遍，最主要原因是警察工作可以提供一份穩定工作和薪水。所以，我們家族裡就有多位從事與警察有關的工作。

　　表姊和大姊、么妹三人連袂探視高齡母親，是一種親情的流露，也牽繫起我們一份鄉情的思緒。

（2018.09.08）

中秋話碧雲寺

今年中秋，在許多 line 的相互問候圖文中，有兩件是印象最為深刻的特別記述。一件是外姪到高雄安養院探視母親的合照，外姪探視她外祖母孝心已是每星期例假日的精心安排，但在中秋佳節的日子，這張照片更彌足珍貴。

另一件是學生施豐吉傳來的，他曾上中央警察大學進修，畢業後先分發澎湖，後轉調回老家臺南的白河警察分局服務，再外派出任安溪派出所所長。

他傳來圖片裡引述的文字：

> 中秋佳節倍思親，秋高氣爽喜團員，月明東升到西落，
> 圓周圍成同心圓，人逢歸鄉心似箭，團聚莫言路迢迢，
> 圓滿溫情復天天。

而從每句開頭的第一個字正好組成「中秋月圓人團圓」。

上述兩件深具「中秋、思親、歸鄉」意涵的圖文，讓我這位「北漂遊子」想起 55 年前，在唸後壁中學初中一年級的時候，我的級任導師帶著我們班上一群同學上白河枕頭山上碧雲寺旅遊的往事，那是我初次與碧雲寺的結緣。

記得當時老師未婚，老家在鹽水，平日就住學校的單身宿舍。老師是利用星期六下午帶我們上山，晚間夜宿碧雲寺的齋房，吃的是寺裡特別幫我們這羣學生準備的素食，同學都吃得津津有味，那是我初次體驗出家人的生活。

　　這次出遊帶給我難忘的回憶，高中時期我亦曾再度的造訪。碧雲寺的經驗影響我大學一年級的時候，特別參加在高雄佛光山舉辦的大學生佛學夏令營，我們夜裡被安排住進大雄寶殿的後房通舖，白天上課，那是我初次最近距離的聽星雲法師講解《釋迦摩尼傳》，和大師的弘法。

　　白河碧雲寺是引領我接觸佛法的開始，我聽說現在寺中掛著多位當年出錢出力協助興建委員的照片，而排列在第一位的邱秋貴委員，是從漳州來東山區經商有成的人士。今天我特地上網看了該寺的介紹，了解其第一代開山祖師釋應祥，是在清康熙40年（1701），由福建泉州開元寺奉請一尊觀音佛祖聖像，渡海來臺迄今。碧雲寺並於民國86年（1997），由內政部評定為三級古蹟。

　　據悉彰化二水有一碧雲禪寺，因插滿五星旗引發議題，彰化縣政府文化局曾召開文資審查會，確定「二水碧雲禪寺」古蹟主體後，針對非古蹟、違建部分將逕行拆除。另外，碧雲寺也讓我聯想孫中山過世時的暫厝北平碧雲寺。

（2018.09.24）

秋天的遐想

　　臺北近幾天來的秋天涼意，大家身上為了保暖紛紛添加衣物，我當然亦不能例外。不管是在乘坐捷運的車上，或是在書寫工作的書房裡，對於筋骨容易痠痛的我而言，總得特別注意到身上的保暖工作。

　　記得胡適之先生在《四十自述》書裡寫道：

　　有一個初秋的傍晚，我吃了晚飯，在門口玩，身上只穿着一件單背心。這時候我母親的妹子玉英姨母在我家住，她怕我冷了，拿了一件小衫出來叫我穿上。我不肯穿，她說「穿上吧，涼了。」我隨口回答：「娘（涼）什麼！老子都不老子呀。」我剛說了這句話，一抬頭，看見母親從家裏走出，我趕快把小衫穿上。但她已聽見這句輕薄的話了。晚上人靜後，她罰我跪下，重重的責罰了一頓。她說：「你沒了老子，是多麼得意的事！好用來說嘴！」她氣的坐著發抖，也不許我上床去睡。我跪著哭，用手擦眼淚，不知擦進了什麼微菌，後來足足害了一年多的眼翳病。醫來醫去，總醫不好。我母親心裏又悔又急，聽說眼翳可以用舌頭舔去，有一夜她把我叫醒，她真用舌頭舔我的病眼。這是我的嚴師，我的慈母。

　　上引了胡適之先生的這段感人自述，當在我文青時期和現在近古稀年記的重新閱讀了之後，其滋味的感受，真如個人飲冰，只有點滴在心頭。

這也讓我回想起父親在未過世之前,他老人家知道我的筋骨毛病。

天涼時,他擔心我在臺北的身體狀況,他總會從臺南老家打來電話,關心我,總叮嚀著我要記得多添加衣物,避免受風寒的引發筋骨痠痛。

今天臺北的初秋涼意,令我遐想起先父生前關心我的身體心情,正如今天大姊從臺南到高雄安養院的探視母親,我特別在 line 關心高齡母親身體的心情一般,我不禁又感傷了起來。

所幸在我請教大姊:「很高興又看到大姊的探視母親,和傳來母親的照片,大姊這次給阿娘吃的是甚麼點心和飲料?天氣涼了,阿娘穿的衣服有過暖和嗎?」

之後,大姊回應:「阿娘很好,精神好,胃口也好,我帶魚湯煮餛飩加蛋三樣一起煮,阿娘吃一碗和一根香蕉,還叫我阿子(大姊小名),妳自己來喔,要穿喔燒(暖)。」

大姊又說:「沒事,放心」。我再給大姊回話:「感動在心」。我的起伏心情才逐漸平靜下來。

(2018.10.04)

珍貴禮物

今天大姊在下午傳來她從臺南到高雄安養院探視母親的照片，大姊在她已近 80 歲的年紀，很興致高昂地與母親特別玩起手機自拍照片的有趣事，我對大姊的孝心除了表示敬佩之餘，也為她能陪母親一起的歡度時光感到高興。

在晚間的時候，住後壁區安溪寮的三姊傳來更讓大家興奮的一件事情，就是收到臺南市政府轉來總統和代理市長李孟諺贈送來的禮物。

禮物之一是「敬老狀」，內容寫著：

陳甫纏女士 弘開壽域 百齡純嘏 永卜康疆 興國同庥
敬祝 福壽永錫
總統蔡英文 中華民國一〇七年十月十七日。

禮物之二類似「一字扁軸」：

上款「恭賀陳甫纏女士百齡榮慶」，
下款「臺南市代理市長李孟諺敬贈 中華民國一〇七年十月吉日」。

禮物之三是「銀質飾物」，上寫：「壽」字。
禮物之四是「重陽禮金」，上寫：「臺南市代理市長李孟諺敬賀」。

上列政府單位送來慶賀百歲母親九九重陽節的四件禮物，加上家族人在高雄和臺南老家為母親百歲舉辦的簡單餐會，還有我

　　特別出版紙本書《我的百歲母親手記——拙耕園故事》，和《臺南
府城文化記述》二書。

　　謹獻給為母親滿百歲的九九重陽節記。

（2018.10.11，2020.04.17 修改）

出外人的心聲

近日來，除了有關「北漂人」或「北漂族」的選舉議題發酵，尤其特別用以形容因為高雄求職工作的不易，被迫不得不遠離家鄉，來到北部或臺北謀生。

現在也讓人聯想臺灣因為經濟發展停滯，普遍出現了低薪資和工作機會難找的現象，迫使許多臺灣人的遠赴中國大陸謀生，成為道地離鄉背井的「陸漂人（族）」。

如果以讀書或工作因素的不得不離開自己家鄉，而遠赴他方的人，我們不管是外移到南、北、東、西的任何一方，我們都可以統稱它為「外漂的出外人」，而「出外人」是最容易會有思鄉情懷的鄉愁。

臺灣本是一個移民經濟的社會，從早期大陸閩南、客家人的「東漂」來臺。日治時期就有臺灣人的「北漂」到日本，和中國的上海、東北等地。1949 年又有來自大陸各省人是隨著國民政府「東漂」來臺。

然而，我們常聽到的「漂ㄌㄟ出外人」，或是「漂ㄌㄟ七逃郎」，則是出現在 1970 年代當臺灣經濟成長順利的時候，從南部北上工作的機會比較多，薪資所得和物價尚稱穩定，所以大家還會哼著「漂ㄌㄟ出外人」，甚至於會看日劇的「漂ㄌ男子漢」。

曾幾何時，隨著臺灣經濟發展的停滯，像我這在 1970 年代從臺南「北漂」的青年，經過數十年的臺北打拼，目前的生活與家庭尚稱穩定。但在近古稀之年，卻也面臨上有高堂在南部的不能隨侍在側照顧，下有子孫需要陪伴學習成長的「北漂人」困境。

當前「北漂人」的窘況，也難怪會在這次南部的選舉中發酵。我的「北漂人」困境，幸南部有親人的照護高齡母親，讓我得以比較安心在臺北生活。尤其要特別謝謝大妹女兒，也就是我的外姪與其夫君，經常利用公餘假日探視她們的外婆。

例如有次他們夫婦帶去大妹為母親特別準備的稀飯，是由南瓜、蛤仔湯一起熬煮，加虱目魚及雞肉，外姪直稱：「阿嬤一整碗吃完，又吃了兩片木瓜，才說吃飽了，吃不下了。」

從外姪她這短短的一段文字內容裡，我清楚這是大妹特別為百歲母親準備的好料理，交給外姪特地從新營帶到高雄安養院作為她老人家佳餚。

外姪與夫君目前他們兩位都還在高雄的某部隊服役，也都是中華民國海軍的傑出校官，以他們在軍中的優異表現和篤行孝道精神，其所充滿的是威武軍人和柔情孝心，將來一定是值得期待的海軍將領。

我特別寫下這篇短文，表示對這對年輕夫婦的崇高敬意。

（2018.11.04）

歌仔戲粉絲

　　大姊傳來到高雄探視母親的照片，並與二哥一同帶母親到醫院看皮膚科醫生，以減輕母親現在身上時常遭受的皮膚癢痛苦，這是近年來一直困擾她老人家的毛病。大姊也轉達了母親精神很好的信息，好讓我這位已經「北漂」在外數十年的遊子能夠放下心來。

　　說來汗顏，這麼多年了為解自己的思親與鄉愁，有些時候也只有藉助於閱讀與書寫，遂成為自己平常生活中一項重要的休閒活動。

　　近日報載，曾任立法委員洪文棟的過世，一提起洪文棟當然很容易讓人聯想起楊麗花來。

　　猶記得洪文棟在臺北競選立法委員的時候，當時已嫁給洪文棟的楊麗花，披掛著洪文棟太太彩帶的楊麗花，穿遍大街小巷為夫婿助選，她所到之處，總會引起一大群歌仔戲迷的追求，也難怪會傳出有粉絲投票時怎麼找不到楊麗花的名字。

　　有歌仔戲國寶雅稱的楊麗花，當台視開始轉播她演出的歌仔戲時，母親就是她的粉絲。當時家人為了讓母親可以在自己家裡觀賞，最先是為她買了一架小型電視機，放在客廳的一張四方形供佛桌上，過了幾年這架電視機因畫質差，不堪再看之後，家人才又為她老人家買了一架可以放在地面上的直立式電視機，好讓母親一有空閒，可以坐在沙發上觀賞楊麗花歌仔戲。

　　隨著楊麗花的告別電視歌仔戲，母親只能以其他歌仔戲節目來替代，但母親的休閒娛樂更隨著她的年紀增長，能讓她再觀賞

歌仔戲的歲月也已經遠遠飄去，現在多浮現的是她心靈上的保持
靜默時光。

（2018.11.08）

高麗菜的眼淚

今天看到兩個畫面：一個是感人畫面，一個是感傷的畫面。

感人的畫面是外姪夫婦和其小愛女，全家一起到安養院探視他們的外婆、曾外婆。

感傷的畫面是有農民因為高麗菜價錢的暴跌，下跪拜託正在競逐縣長和市長的兩位候選人，能夠救救現在生活陷入困境的菜農。

這兩個畫面的交集，不禁讓我回想起 1960 年代在臺南安溪寮老家庭園——拙耕園種植高麗菜的往事。

當時臺灣光復後不久，記憶中的老家庭園，尚有處留下的防空洞，那是日治台灣的末期，為了家人安全的躲避美軍飛機轟炸，而特別挖設的。

戰爭結束，這防空洞就在沒有存在的必要了，父母親就將其填平後，整理成菜圃，高麗菜當然是主要種植的菜類之一。

種在庭園菜圃的高麗菜，當它慢慢長大的時間裡，我們除了擔心有時候天氣冷會有凍傷的情況之外，母親都還會要求我們這些小孩子特別留意，不要讓這些高麗菜被家裡養的鴨鵝啄傷了。

高麗菜不幸的被凍傷或啄傷，致使它的發育受影響而長的不好，沒有高麗菜收成的結果，顯然我們餐桌上的菜餚就少了。

有時候高麗菜長得好，味道甜美，母親還會煮成高麗菜粥，這也是我們當年在鄉下時候，特別喜歡的。

縱使以後北漂到臺北，迄今幾十年過去，仍然還會回味起有母親味道的高麗菜來。

　　母親移居高雄之後，臺南安溪寮老家拙耕園荒廢了，高麗菜
也當然沒有人會去種植了。想起我這從青年時期的北漂迄今，一
直無法回饋家鄉的善盡責任。

　　今天的看到這兩個畫面，讓我自己感到十分汗顏。

（2018.11.10）

北漂人南下省親

今日一早南下高雄探視母親，在高鐵車上回想自己的北漂數十年，隨著臺灣經濟成長和交通建設的進步，建構了臺灣生活的一日圈。

然而，老人化社會的形成，對於北漂族而言，更是帶來新的問題。尤其戰後出生的這一代，我年青時候離鄉北上，刻苦打拼的經過一段時日，現在已在臺北成家立業。

可是我們目前普遍遭遇的問題是，故鄉留下的年邁親人，而自己近古稀之年，但兒孫又需要協助安定成長與學習的時期。

我們在這社會變遷的環境，我們就需要有新的因應策略，只是在這關鍵時候，除了我們自身的努力之外，政府又能為我們作甚麼？

於是藉南下之便，到先曾祖母的故鄉踏查。日前我在相關文獻中查出，她老人家的娘家來自現在的東山區，且是位於在地人俗稱[中街]，我尚未有考證出她是否屬西拉雅族，依目前手邊有限資料記載，曾祖母娘家的日治時期戶籍記載是漢籍。

這次踏查來去匆匆，期望下次能走訪相關人士和單位，根據我初步的認知和文獻，能夠再進一步的考查。

隨著自己年紀的增長，對自己家族的移動歷史，越感迫切書寫的壓力，或許這是使命感的自我膨脹吧！

我也利用一個下午的時間，獨自從新營搭黃九大臺南接駁車的往嘉義高鐵途中，在北安溪寮站下車，步行約百公尺找到父母親讓我繼承的一塊農地。

回想起這塊農地給我的記憶，應該已經有了四十多年光景。儘管時間久遠，但我始終無法忘懷，因為它是撫育我們家人一起長大成人的大地。

當我彎下了腰，觸摸著田埂上長出的雜草，我未能確知這塊目前未種植稻作的，就是父母親留給我的這部分。

我出外北漂多年，只能將這塊農地委託叔叔，現在叔叔也已老到無法下田耕作，只能拜託堂妹繼續幫忙。

這是臺灣目前農業發展遭遇的普遍現況，農業所得偏低，致使農村人口大量外流，這是令人憂心的，或許休閒農業與觀光產業的整合發展，讓臺灣農業帶來新機會，政府如何協助應是現在參與角逐地方政府首長思考的議題。

那天我也特地走到那屬於我，但不是我自己種植稻田的那塊農地周邊，來回走了又走，有時我低下身來町著泥土地，試著找尋年少時期的足跡；有時我抬起頭來遙望遠方，試著回想我幾乎曾經有過的農夫記憶。

我離開那讓我突然覺得陌生感的農地，沿著路邊旁的一條碎石路走著，那是當年我讀後壁中學初中部時期走過，或搭公路局車子，或搭著烏樹林糖廠交通車到學校的必經之路。

這次我是踽踽回來，再繼續走不到百公尺的路程，就可以抵達我安溪寮村內的老家拙耕園。首先映入眼簾是那斷垣殘壁的屋況，和那荒煙漫草的庭園，我屋前屋後的慢慢地遶著，自慚地面對這幅景象，自責地何以致其如此不堪。

狗吠聲開始有了，鄰居友人也開門走了過來，又是那句老話：「這厝不能再住了，也不要再花錢整修了。」

我苦笑，心裡想著：「其實你們不懂我的心。」

　　我的同學好意叫他兒子開車，送我這位已經北漂多年，而當年幾乎留下來扮作農夫的古稀老人回新營。

　　我回想如果年輕時期不北漂，現在會是如何？會留在鄉下種田嗎？我不知道，但我可以確知的是，我會有比較多的時間陪在高齡 101 歲母親的身邊，正如與我二哥和大姊的今日一般，因為家住南部的得以克盡孝道。

（2018.11.18-22）

城鄉的美麗與哀愁

參加臺北城市大學通識教育中心舉辦「2018 城市美學——市民寫城市」學術研討會暨研習會」，這已是我非常榮幸連續三年來的受邀參加，我覺得這項活動的舉行對於我的閱讀與書寫很有意義。

這活動一共安排二天的議程，我被安排擔任最後一場「城市美學論壇」的主持人。這時段與前一場江燦騰教授擔任主持人，講座邀請的貴賓是「覺風佛教藝術基金會」的寬謙法師，由於時間拉長，兩場的活動幾乎是同時進行。

承蒙寬謙法師的致贈《覺風》刊物，和江燦騰教授贈送其與寬謙、侯坤宏、釋昭慧合著《跨世紀的新透視：臺灣新竹市 300 年佛教文化史導論》的大作。

對於寬謙法師推廣佛學教育，和正推動「北投覺風佛教藝術教育園區」的精神，以及江燦騰教授「北投文化學」的創意概念感到十分敬佩。臺北城市的北投區與我家鄉臺南後壁區的各具有城鄉特色，和其美麗與哀愁

今（2018）年九合一選舉和公投的結果揭曉，對於競選期間高雄市長候選人韓國瑜所吹起的「韓國風現象」，不出人意料的當選高雄市長，而且產生的外溢效用，也協助了這次國民黨籍部分候選人的當選，或是提高了得票數。

這幾天在媒體上已有許多討論韓國瑜當選高雄市長的因素，不論是有無科學數據的論證，若純粹從能影響選民投票行為的受感動因素而論。

　　我個人的看法是其中有一項，韓國瑜提出了親情呼喚和經濟誘因，一直呼籲北漂族一定要回高雄投票，儼然燃起了北漂族返鄉工作，和享受親情的一股希望。

　　猶記得去（2017）年 10 月 20 日，我在 FB 上發表的〈北漂文青的記憶〉，現已收錄在《生命筆記——蟾蜍山瑣記之參》一書。

　　在該文中，我特別敘述了自己北漂的歲月，從一位早年離鄉勇闖江湖的「北漂文青」，到如今變成是一位已近古稀的「北漂老朽」，只能努力學習杜甫的〈江漢〉詩：

　　落日心猶壯，秋風病欲蘇（疏）；古來存老馬，不必取長途。

　　我讀著杜甫的〈江漢〉詩，和看著剛才大姊從臺南到高雄探視高齡母親的照片，我牽絆著親情，和歸客鄉愁的感慨，一股腦全湧上我這位北漂人的心頭。

（2018.11.24）

到我夢裡來

昨夜臺北陰濕天氣依舊，我的作息仍如往常，可是父親到我夢裡來，卻是今年入冬以來的頭一回。

夢中出現的父親，他正急忙搶收的搬動一麻袋又一麻袋穀子，父親好像很擔心在即將來雨之前，會把已經曬乾的穀子淋濕了，我依稀見著父親瘦弱的身軀，體力漸感不支。

當他搬完整理好穀子之後，慢慢對著我走過來，父親累得依靠在我肩膀，我隱隱約約聽見父親口中念著：「身體強壯的怎麼不來幫忙」，當我正要開口回話時就醒了過來。

或許是真的「日有所思夜有所夢」。父親的過世已經 20 多年了，回想父親在世的時候，每逢入秋之後，或冬季天氣的濕冷時分，父親知道我的筋骨容易痠痛，總會關心而再三提醒我的特別注意身體保暖。所以，父親在臺北這陰濕天氣的夜裡來到我夢中。

也或許因為我們家裡種植幾分地的稻田，每逢稻子收割完畢，用牛車運回晾在家埕前曬乾的時候，最怕是碰到「西北雨」的驟然降下，家人全部總動員的要將稻穀搶收起來，以免淋過雨的發芽，影響穀子的品質和售價。所以，父親搶收搬運穀子的身影會出現在我的夢中。

也或許因為近日的審修拙作《臺灣政治經濟思想史論叢》(卷四)，正閱讀余英時剛出版的《余英時回憶錄》，特別是他在書中提到其家世和青少年時期的生活，給了我較深的感觸。

我感受到父親對我青少年時期的殷殷期盼，他對我的影響很深，因而到我的夢裡來。

（2018.12.10）

虱目魚聯想

隨著新當選高雄市長韓國瑜就職日子的到來，與往年最不同的一個景象，就是颳起一陣大家都想要去品嘗臺灣南部特有小吃口味的一股風潮，刺激大家的多消費。這似乎也為低迷已久的高雄經濟注入活水，讓市民對未來的高雄經濟發展充滿期待。

在報導許多有關高雄特有的小吃項目，其中有道菜是虱目魚料理，特別勾起我喜歡吃虱目魚的回憶。1960 年代前後的虱目魚價位，在臺南鄉下的農村家庭而言已屬較奢侈的菜餚。

我們家當母親特別愛用生薑的煮成虱目魚湯，通常是在母親煮給父親補補身體的時候；當然，有些時候母親也會乾煎，用來給我們小孩上學準備帶的便當菜。

記得當我唸後壁中學的初中部時候，與我同年同班的表弟，他個子比我矮了些，座位就在我的正前面，我們都會彼此交換平時比較特殊的便當菜，諸如難有的乾煎虱目魚和炸過的青蛙肉。

虱目魚煮湯或乾煎我都喜歡吃，唯一困擾的就是它的魚刺太多。我特別有印象的是，有一年我從工作單位的臺北回到故鄉的臺南鹽水，幫一位出身教育界的朋友競選國代代表。

在選舉過程中，有次我們跑完行程回到他創辦的學校家中吃午餐，其中有道菜就是虱目魚湯，我看著候選人非常快速地吃完魚肉，而且魚刺也處理得乾淨俐落。而我因為魚刺的困擾，對耽誤了大家的下一個行程感到不好意思。還好這位蔡姓候選人最後仍以最高票當選。

　　往事如煙，現在又看到高雄風起的虱目魚小吃，也讓我聯想到母親在我的記憶裡，她是從不吃魚的，但是她會為先父和我們煮虱目魚料理。

　　現在她 101 歲了，卻吃起了家人為她特別準備的虱目魚粥，而且每次吃得津津有味，家人都為了她的改變習慣既高興又好奇，但我又擔心安養院平時準備的伙食不理想，而影響母親的食慾。

（2018.12.23）

仙桃水果的美味

　　大姊從臺南到高雄探視母親，他攜帶的食物包括了熟軟的柿子一粒，和熬煮成的豬肉（加）地瓜（加）蛋煮湯（加）麵線一碗，母親食慾不錯，將大姊帶過去的水果和食物全吃完，精神也很好。

　　從照片中看到大姊擺在桌上的紅柿子水果，和平常我在臺北也都會買來品嚐，確實是很好吃。印象中臺灣的柿子，臺南高雄並未有種植，它的主要生產地應該會是在新竹、苗栗等地區。

　　這比手掌大一點點圓的紅柿子，讓我聯想起日前親友特地從臺南新營寄上來一箱，他嘉義番路老家果園裡盛產的仙桃。這是我繼去年之後的第二次收到仙桃水果禮物。

　　記得去年收到的時候，由於沒有一顆顆的加以特別包裝保護，加上貨運路程的壓擠和重摔，所以當我一剪開紙箱，發現整箱仙桃已近半數以上受到破損，覺得非常可惜。加上初次的接觸仙桃水果，也不知道如何品嚐比較理想？

　　今年收到的仙桃水果，經過妥善包裝和寄送的結果，每一顆都保存的很好，而且我也懂得要先等仙桃的外層顏色全由綠轉黃和變軟之後，準備近日要食用的可以先放冰箱冷藏，否則就放進冷凍，就可以保存比較久的時間。

　　我特別喜歡用熟透了呈黃色的軟仙桃與堅果類，加上適量的鮮奶或豆漿，再用果汁機混合打成汁，配上麵包或吐司，風味極佳。

　　現在每當我早餐品嘗仙桃果汁，我總會回想起 1960 年代，當自己念小學回家吃完午餐，再回到學校教室的時候，看到有的同學會從家裡帶來桃子或李子的飯後水果，想到當年我羨慕他們吃起來酸溜溜的臉上表情。相形比較之下，我現在品嚐起親友從南部送來的仙桃特產水果，才真是人間美味。

（2018.12.27）

豆花小吃

　　2018 年的最後一天，我從臉書上看到外姪夫婦到高雄安養院探視他們的外婆，這是今年以來外姪每逢服務單位的例假日，她除了回新營看看寶貝女兒之餘，她總是會利用收假返程的空檔，特地抽空過去陪陪百歲以上高齡的外婆。

　　每回我看到外姪，有時候是外姪夫婦會相偕同行，像歲末的這次我就是看到她們兩人一起前往，而且還帶去了適合老人家可以食用的豆花，這祖孫相處的溫馨畫面，更可以從母親臉上顯露出來的愉悅表情，令我十分感動，更讓一直北漂在外的我，因為自己的無法陪侍母親身旁，而感到非常愧疚。

　　再過一天，出生於民國 7 年的母親，就可以說虛歲 102 歲了，如果按照中國人的傳統，如果人過百歲以後，每過 1 年就可以增加 2 歲的算法，母親今年應該以享有 104 歲了。俗話說：「家有一老，如有一寶」，我們家族人是何等的幸運啊！

　　高齡母親，因為牙齒退化的關係，現在只能進用比較軟質食物或是液體性質的飲料，而這次外姪帶去的豆花有軟質食物，又有液體飲料的性質，更具有下午時間的點心功用，是最恰當於母親的口福了。

　　1950 年代的臺南鄉下地方，偶而有小攤販會挑著豆花的到處叫賣，有時候會有意到我家的埕前來，孩提時期的我尚未能感受家裡的經濟狀況，看到賣豆花的上門來，心裡總會想要品嘗這香氣撲鼻而來的好滋味，母親當然看在眼裡，她也總會想盡辦法的

克服困難，滿足我們小孩子的口饞，但她總捨不得再花錢自己也
來一碗。

家裡經濟儘管到了 1980 年代，已逐漸隨著臺灣社會的發展而
有所改善，我們家的埕前仍然會有挑著賣豆花的上門來，當時父
母親幫我照顧小孩，每逢我們回安溪寮鄉下老家時，母親仍會細
說兩個小孫子喜歡吃豆花的神情，但是母親自己還是捨不得花錢
自己也來一碗。

今天看到外姪準備豆花給母親食用的情景，或許母親的感受
自有一番不同滋味在心頭。

試想今日臺灣一般家庭的經濟能力，對於花錢吃一碗豆花的
負擔是小事，但是對高齡母親的感受卻是一件大事，也謝謝外姪
帶來令人感動的畫面。

（2019.01.01）

木瓜牛奶汁

　　國曆新年的假日過後，臺北仍然是延續這年假期間的濕冷天氣，心情難免受到一點影響。我從年輕時期從臺南北漂迄今的 40 多年間，我就對這樣的天氣非常不喜歡，但是也奈何，或許是諸多原因吧！

　　今天我看午間的電視新聞報導，高雄有位賣木瓜牛奶汁的小攤販，在這次年假的 4 天期間，因為高雄市政府的舉辦跨年和升旗等活動，這位攤商說在這短短時間，他們賣掉 2 萬杯左右的木瓜牛奶汁，賺進大概有 20 萬元。

　　對於政府官員的用心規畫和辦活動，除了聚集大量人潮，也刺激了高消費，讓小攤商的努力得以創造業績，享有生活上的小確幸。

　　木瓜牛奶汁的美味勾起我的記憶，木瓜是熱帶水果，在臺灣主要盛產於南部地區，小時候我們臺南老家埕前的庭園，有幾棵長得瘦瘦不高的木瓜樹，讓人一看就知道長得不好。

　　我想當年這幾棵木瓜樹，除了主要不是家人特別有意種植的原因之外，另一項原因，就是沒有種植的經驗。我記得當年我總覺得很納悶，為什麼庭園裡的芒果樹、龍眼樹，還有木瓜樹，當它們從種子開始冒出芽來，然後慢慢長大到一個階段之後，就不在長高，而且發育不好。

　　我後來才知道這類的水果是需要經過移地種植，還要加以適當施肥等技術的照顧，他們才會順利長得高大和結實累累。

　　因此，早年我對於木瓜的品質印象不是很好，縱使北漂多年在臺北也很少買木瓜，也因為自己少年時期體質的不適宜喝鮮奶，當然對於木瓜牛奶汁總是望而卻步。

　　這幾年來，臺灣出產的木瓜經過了專業的改良，不但種類多、品質好，而且味道甜美，我們家現在也經常食用，加上自己腸胃經過幾年的調適喝鮮奶，當然習慣地更可以享用木瓜牛奶的美味了。

　　今天看到政府官員的接地氣，讓高雄賣木瓜牛奶汁的小攤販發了一筆小財，而更值得讚賞的是大姊今天探視母親，為她準備的水果正是當今臺灣南部盛產的木瓜水果，這最適合老人家的享用了。

（2019.01.03）

旅人的真情感受

　　這學期已近尾聲，我將學生的成績打好之後，特別從臺北城市大學圖資大樓走下山坡到行政大樓，風吹得真厲害，把我戴的帽子幾乎要吹落地，我只能壓緊著帽沿的逆風而行，感到一步比一步的維艱，有如自己年歲的增添了。

　　學校的愛園大樓剛落成，行政大樓外觀的拉皮和室內整修接著完成，校園裡着了新裝景色比以前更漂亮了，學生在愛園大樓與行政大樓前面的大片草地上，來來往往，有說有笑，讓學園更充滿朝氣。

　　我慶幸自己在這古稀的年紀，還能在這麼美麗校園的講堂上發揮所學，實在要感謝這一路上提供我機會的許多貴人，他（她）在我人生的每一個階段給了我最大的幫助。尤其是我臺南老家的至親好友，讓我在北漂半世紀的長時間，能夠安心地在外打拼。

　　日前在媒體上看到新接任校長的管中閔，他在台上講完話之後，特別走下臺對著分別坐在輪椅上的 92 歲父親和 88 歲母親，表達他的至深的感謝之意，特別是他的達成老人家期望他能進臺灣大學的心願。這情景既讓我十分感佩，但也讓我自己感到十分歉疚。

　　我感佩他身為人子的達成父母親心願，儘管我在自己人生工作的最後階段，也達成父母親多年來期望我回學校教書的心願，但我也因此不得不繼續留在臺北，延續我的教學生涯。

　　這份歉疚常常壓我心頭，所幸拜科技進步之賜，剛才從家族的 line 收到旅澳外孫女回臺到高雄探視她阿嬤，照片中還有我二

哥、大姊、三姊、大妹、大妹婿，和外曾孫女等親人的合照，我
經由這親情感受畫面，聊以撫平自己的幾分歉疚。

（2019.01.10）

常懷農家好

臺北天氣已經連續幾天見不到陽光了，而且還下著毛毛雨，弄得地面上到處溼答答，令人感到煩悶。學校也開始放寒假了，本想出外走走，曬曬太陽，可是一些雜事的處理仍待安排，目前回南部的計畫尚難成行。

大姊從臺南到高雄探視母親，我問她高雄的天氣如何？她傳來的信息是高雄出太陽，她特別用輪椅推阿娘到外面的庭院，一方面讓母親可以感受冬天陽光的溫暖；一方面也方便餵食她為老人家特別準備的肉粥和木瓜水果等食物。

母親現在高齡 102 歲，平常在室內休息的時間居多，大姊因為怕屋子外面有風的吹襲，還特別小心的幫母親戴上帽子，以免受風寒。我看著這張她老人家戴著帽子的照片畫面，讓我油然想起小時候看到母親為農事忙碌，下田為避風雨而特別戴有頭巾的斗笠。

母親自 19 歲嫁入陳家，一直到 80 歲左右都還是為我們家的農事操勞。我在高中、大學的階段也只有在放假日時候的偶爾幫忙，父母親都期望我們家小孩以後不要留在鄉下種田。

我多年北漂在外，孩子們也都在臺北長大而不諳農事。日前女兒傳來我大外孫校外教學參加臺北文山農場的活動；對他們這一代而言，農事的種植是一件快樂，反而不是一件辛苦的差事。

可是農事的辛苦，對母親她們那一代卻是沉重的生活壓力；相對地，對於在臺北長大的這一代而言，卻是享受田園的風光和樂趣。

　　然而，對於生長在農村，在臺北工作與生活已經 50 年的我而言，只能勉強說：北漂半百年的常懷農家好。

（2019.01.17）

家跟著母親走

日前與我同是北漂族的外姪，到我萬隆的家來。忙完事後，在要離開之前問了說：「三舅，過年時有準備甚麼時候返家嗎？」。

我被這麼突然的一問，煞時間我傻住了，腦子裡是一片空白。

我停下了正在看群組楊顯榮（詩人落蒂）學長，他傳來徐悲鴻原配蔣棠珍（蔣碧微）〈卻道海棠依舊〉的「佳文共賞」。

我回神過來，想著外姪所指的家是在哪裡？應該同是我們小時候有共同記憶的臺南後壁老家吧！可是這個家在父親過世，母親遷居高雄之後，「拙耕園」祖厝已是空無一人居住的荒廢了。

閩南話有句俗語：「父親過世後，回家的路就遠了；母親在過世後，回家的路就斷了。」

我想套上這次高雄市長當選人韓國瑜在競選時標榜的：「兔子跟著月亮走，禿子跟著兔子走，大家跟著禿子走。」

我說：「家跟著母親走，母親在那裏，家就在那裏。」有日本國民作家之稱的夏目漱石說的也有幾分道理：

愈是難居，愈想遷移到安然的地方。當覺悟到無論走到何處都是同樣難居時，便產生詩，產生畫。

（2019.01.24）

豬年話豬事

　　群組傳來一頭豬的畫面，左有旁白：「你說招誰惹誰了／一輩子沒出過豬圈／更沒有出過國／卻得了外國病」，我看了這一頭豬面孔的一副無奈的樣子，充分顯示當今臺灣為防堵非洲豬瘟，帶給養豬戶和其下游產業鏈的經濟衝擊。

　　非洲豬瘟的洶洶來襲，偏偏今年又正逢豬年，而且在高雄市長選舉的時候，當時正夯的滷肉飯小吃，本來在臺灣標榜臺菜料理餐廳的菜單中，和各大城市的夜市小吃，以至於偏遠鄉村攤販的小吃店，滷肉飯都已是臺灣人生活飲食裡最通俗、流行最普遍的一道飯菜。

　　如今政府與民間為防堵非洲豬瘟的入侵臺灣，或因害怕疫情擴散感染所引發對生命財產恐慌。這也讓人很容易就聯想起 1997 年臺灣爆發了口蹄疫，不只對臺灣的養豬市場造成了嚴重的影響，也對臺灣外銷市場造成了難以挽回的局面。

　　尤其是口蹄疫對南臺灣養豬戶所造成生命財產的嚴重損失，讓我印象最為深刻，我的親友中，在當時臺灣農村盛行養豬業的時候，確實為他們創造了財富，也改善了家庭經濟。

　　但曾幾何時，隨著價格起伏波動，導致養豬業風光不再，許多養豬戶因而收入大減，受傷嚴重的更是財務破產。當年臺灣農村家庭因養豬業興起而成就養豬戶的財富；卻也因口蹄疫侵襲養豬業沒落的讓養豬戶家計陷入困境。所以，我們說：「成也蕭何、敗也蕭何」。

　　我們由衷盼望這次非洲豬瘟的防堵成功，不要像當年口蹄疫對雲嘉南地區養豬戶所造成經濟的衝擊，致使現已呈現凋敝的臺灣經濟更雪上加霜。

（2019.01.25）

何人不起故園情

今早讀報，副刊有篇古蒙仁〈青春無悔，奈何太匆匆——我和林清玄的半生緣〉，敘述他與日前剛過世散文名家林清玄結識經過與結緣文學的過往。

另外，還有報載追思會上播放林清玄太太方淳珍題字的「縱有名才貫江東，生生世世與君同」；以及女兒對父親思念的表示：「對我來說你的生命不只有 65 歲，你寫過的文章，都是你留下來的生命。你的文學跨越時空與距離，讓所有人在想念你的時候，隨時都可以和你相見。」

古蒙仁寫友人懷念，和方淳珍母女對親人追思的文字，字字感我肺腑，久久不已。或許是我對林清玄文字書寫的偏愛，正如古蒙仁在其該文末所寫的：「老友，放心的走吧，你寫了一百本書，你的人生已沒有缺憾。」

以下容我摘錄林清玄《自心清淨，能斷煩惱》書中的：

我成長的環境是艱苦的，因為有母親的愛，那艱苦竟都化成了甜美，母親的愛就表達在那些看起來微不足道的食物裡面；一碗冰糖芋泥其實沒有什麼，但即使看不到芋頭，吃在口中，可以簡單地分辨出那不是別的東西，而是一種無私的愛，無私的愛在困苦中是最堅強的。它縱然研磨成泥，但每一口都是滾燙的，是甜美的，在我們最初的血管裡奔流。

還有《月到天心》書中的：

鄉下的月光很難形容的它不像太陽的投影是從外面來，它的

光明猶如從草木、從街路、從花葉，乃至從屋簷，牆垣內部微微地滲出，有時會誤以為萬事萬物的本身有著自在的光明。假如夜深有霧，到處都瀰漫著清氣，當螢火蟲成群飛過彷彿是月光所掉落出來的精靈。

林清玄生長於高雄旗山，北漂世新大學念書；我生長於臺南後壁，北漂攻讀輔仁大學圖書館學系。也或許因為我特別喜歡他常以其家鄉為題材書寫的文字，感染我的「何人不起故園情」。我警察大學的同事李顯裕教授在 FB 給我的回應：

林清玄年輕時，一出手就得遍重要的文學獎，當時我也驚嘆他文筆之佳。尤其當他結合禪佛義理，儼然成為眾人的心靈導師，惟當他情感出軌時，突然地位一落千丈，令人浩歎。哈佛大學杜維明教授，終身宣揚闡釋儒學為己任，名揚世界。惟當他離婚後，娶了哈佛院長的女兒後，就使得他所闡揚的儒學失去說服力。因為林清玄與杜維明所從事的都是生命的學問，個人的行為品格是很重要的。余英時之所以望重士林，即是他學問與人格是合一的。不過杜維明去年當選中研院院士，還是肯定他的學術成就與努力！

（2019.01.28）

享用桑椹汁

　　上星期大姐因為出國而無法前往安養院探視母親，今天大姊又如往常的時間攜帶東西從臺南去了高雄，大姊在家族群組傳來母親喝飲料的畫面，我問大姊：「母親在喝甚麼飲料？」大姊回話：「阿娘喝桑椹汁。」

　　我聽了大姊回說：「喝桑椹汁」，我覺得很好奇，於是又特別問大姊：「這桑椹汁是如何製成？」大姊回說：「桑椹加冰糖（不可加水）一起熬煮 2 小時，再經過濾後，將剩下的桑椹汁冷却放入冰箱冷凍，想吃的時候可以隨時取出，再加入冰水即可食用。」

　　大姊特別提到桑椹是我們臺南老家鄉下親戚栽種的，數量不多，而且是 3、4 月在桑椹盛產期的期間就已經採收，並製成桑椹汁放入冰箱冷凍保存下來的。

　　談起桑椹就聯想起桑樹，而大姊口中種桑樹的親戚，正是我念後壁鄉安溪國小的同班同學，也是我大姊夫的三弟。

　　回憶起 1960 年代前後，緊靠我們安溪國小校園旁的就是一大片屬於臺糖的農場用地，在那個小小的年紀特別喜歡養蠶寶寶，我們都會在那農場附近找尋桑樹，摘下適合蠶寶寶食用的桑葉。

　　當時年紀小只想要摘下桑葉來養蠶寶寶，完全未注意到桑樹的果實桑椹，也不清楚桑椹不僅可以如大姊今天所說，可以利用來製成桑椹汁給老人家飲用，而且亦不只有明代李時珍在《本草綱目》所指出，桑椹搗汁飲，解酒中毒的功效而已。

（2019.01.31）

剪髮親情

　　日前大姊在安溪家族群組傳來，她從臺南到高雄安養院探視母親的畫面，我發覺母親的頭髮短少了許多，就在群組裡問大姊：「媽好像是剪了頭髮？」阿姊回說：「是二嫂幫阿娘剪了頭髮。」我很是感動。

　　母親出生於日據時代大正 7 年，再過完今年農曆的大小年夜之後，母親就高齡 102 歲了。如果依民俗的算法，高齡百歲以後，每過一年可以二年計，母親應該嵩歲 104 了。對於享有這麼年紀的老人家來說，許多方面都隨著體能的衰退，或行動的不方便，在在都必須借助於照護的人，例如頭髮的整理。

　　母親的頭髮長得很好，多烏黑亮麗。印象中母親在當年臺灣經濟普遍不寬裕的年代，母親為了節省家裡的開支，很少特地到美髮院洗頭和燙頭髮。只有當村子裡有人家嫁娶，請她「牽新娘」的時候才會請人幫她整理。

　　猶記得在平常日子，母親在洗髮精尚未普遍出現的時候，大部分都只用清水沖洗，頂多是拿洗衣用肥皂來洗頭。但是母親的頭髮仍然保持得很好，一直到現在。儘管隨著年歲增加的白髮蒼蒼，但仍未出現嚴重的掉髮現象。

　　相對於我在古稀之年就已經「頂上禿禿」，顯然我並沒有遺傳到母親好的髮性。明天就是小年夜了，我也如自己未北漂之前，留在臺南鄉下老家的時候，母親在過年前總會要求我理髮一樣，我遂在住家蟾蜍山附近的一家「快剪 100」剪了髮。

　　我剪好髮，也聯想二嫂幫母親剪髮的親情流露。感謝二哥、二嫂一家人特別辛苦的照護母親。因為高齡母親是我們陳家的共同資產。

（2019.02.02）

卻恐他鄉勝故鄉

傍晚時分，二哥傳來家族人與母親一起過舊曆年的畫面，讓我在臺北也可以感受這溫馨的氛圍。

自從母親從臺南後壁老家移居高雄之後，北漂的我就未曾再有重溫舊時返鄉過年的心情。屈指一算，這已是近 20 年前的往事了。

現在每一年到了過年的時節，我還是會記起當年攜著妻小、拖著行李，趕赴著回家的路。我總不忍傷着雙親倚門盼望遊子歸鄉的急切心情，縱使我一路的奔波，期望的只要能滿足於看到老人家愉悅歡迎的臉龐。

自從我隨著年齡的增長，退休靜居臺北蟾蜍山麓的轉動心情起伏，已逐漸可以體會蘇東坡詩句中的：

未成小隱聊中隱，可得長閒勝暫閒。
我本無家更安往，故鄉無此好湖山。

大年夜此時我的心情，想借用出版家廖志峰先生到美國普林斯頓拜會余英時教授，在其書房門口拍的這張書法照片，是余教授的岳父陳雪屏教授所寫：

未成小隱聊中隱，卻恐他鄉勝故鄉。

自從母親離開老家之後，我的未再有返鄉過年的情境，也逐漸讓我有如「卻恐他鄉勝故鄉」的感慨。

（2019.02.04 大年除夕）

遺物與榮譽

　　大年初一，么妹夫婦從他們家住的臺北民生社區搭捷運，到我們的萬隆家來。么妹婚後的定居臺北，那頭幾年的每年初二總會到我家來拜年敘舊。

　　我們家兄弟姊妹 9 人，只有我倆自北漂在臺北工作以後就定居在臺北，么妹總視我這裡為娘家。但是自從我女兒出嫁後的大年初二總會帶著外孫回娘家，么妹是怕增加我們的麻煩，減少我們與外孫相處的時間，於是近年來她則改在不是大年初三，就是選擇在大年初一過來。

　　今年的拜年提早在初一過來。么妹這次過來，特別帶來她去年回安溪寮與家族人為慶祝母親 101 歲的餐會時，三姊將她從拙耕園老家的屋裡，無意間在整理破舊衣櫃裡找到父親先前保存的一些文件，其中：

　　第一張是大正 8 年（1919 年）由有限責任菁寮信用組合的組合長理事黃振隆等理事，出具給祖父陳枝葉第四九八號出資證券，金額是一金五拾圓也口數五口的證件。

　　第二張是父親民國四十二年（1953 年）八月在臺灣糖業技工訓練班結業證書，總經理是楊繼曾。

　　第三張是民國四十三年七月臺灣省政府社會處填發的臺灣省技術工人登記證。

　　第四張是民國四十五年五月臺灣糖業公司服務五年以上成績優良特給的獎狀。

　　第五張是民國六十二年八月一日轉入中國國民黨生產事業黨部支黨部八區黨部的中國國民黨黨證。

　　其他還有的文件則是父親特別幫我保存的國小、初高中的畢業證書，和一張民國 60 年我大一暑假在佛光山參加暑期佛學營講習，星雲法師授予的結業證書。

　　看到父親生前一直妥善保存的這些遺物，心中感慨萬千。我想父親生前一定將這些文件視為其重要資歷證明，彰顯父親珍惜祖父留下的遺物和收藏屬於他自己的證件，以及他為我保存的證件，都視為其一生為家庭、社會所付出與受肯定的一份榮譽。

（2019.02.08）

80 歲兒子與 102 歲母親

日前看到【輔大圖館群組】傳來 Youtube 上，介紹印度一部〈老爸 102 歲〉的電影片，敘述當今全球在這老年化社會裡親情與人性之間的關係，對於臺灣目前一般家庭也都可能會遇到的現象與問題，這部片子所拍的真實故事，我覺得非常有意義，很值得大家觀賞與省思。

當然每一個家庭所遭遇的情況並不盡相同。對照我母親今年102 歲，我們為她安排的安養院就位在我二哥住家的附近，二哥今年已近 80 歲，他幾乎每天過去陪老母親，二哥也因此在今年當選高雄市模範父親的榮譽。

我們安溪家族的人，一開始也是不習慣將老人家安排住進安養院，她老人家也常會感到沒有時時刻刻的親情陪侍在側，而感覺到孤獨寂寞。因此，我們居住在高雄以外的，也就每星期特別輪流時間過去陪伴她老人家，例如每星期四和星期日就會有大姊和外姪過去探視。

今天我又看到大姊和由臺北下去的么妹，她們相約一起到高雄安養院探視母親。她們也在家族的群組傳來母親日前身體略感不適，二哥已帶她老人家去看醫生，再看了第三家的皮膚科醫生之後，才找到真正的病因，是因為罹患了疥瘡的關係。目前按醫生的叮囑服用藥物和敷藥，已經改善了許多。

大姊和么妹也在群組 po 上她們餵食母親吃稀飯、魚湯煮雲吞加蛋，和木瓜水果的畫面，讓家族人分享這份感人的親情畫面。最後大姊還特別提到二哥現在每天還要幫母親擦藥膏早晚各一次，

我們也都感謝二哥的辛苦。真是辛苦了 80 歲的兒子照顧了高齡
102 歲的母親。

（2019.03.07）

夢想中的小莊園

前元培醫事科技大學校長林進財日前在我們的群組，傳來一篇他摘自《學習電子報》的分享文字，篇名〈夢想 VS 空想〉，我不敢掠美，謹以抒發我自己夢想心中的一座小莊園。

該文簡要的附錄如下：美國某個小學的作文課上，老師給小朋友的作文題目是：〈我的志願〉。一位小朋友非常喜歡這個題目，在他的簿子上，飛快地寫下他的夢想。他希望：

將來能擁有一座佔地十餘公頃的莊園，在壯闊的土地上植滿如茵的綠草。莊園中有無數的小木屋，烤肉區，及一座休閒旅館。除了自己住在那兒外，還可以和前來參觀的遊客分享自己的莊園，有住處供他們歇息。

寫好的作文經老師過目，在這位小朋友的簿子上被劃了一個大大的紅叉叉，再發回到他的手上，老師要求他重寫。小朋友仔細看了看自己所寫的內容，並無錯誤，便拿著作文簿子過去請教老師。

老師告訴他：「我要你們寫下自己的志願，而不是這些如夢幻般的空想，我要實際的志願，而不是虛無的幻想，你知道嗎？」小朋友據理力爭：「可是，老師，這真的是我的夢想啊！」但老師也堅持：「不，那不可能實現，那只是一堆空想，我要你重寫。」

小朋友不肯妥協的告訴老師：「我很清楚這才是我真正想要的，我不願意改掉我夢想的內容。」老師搖頭：「如果你不重寫，我就不讓你及格，你要想清楚。」小朋友也跟著搖頭，不願重寫，而那篇作文也就得到了大大的一個「E」。

事隔三十年之後，這位老師帶著一群小學生到一處風景優美的度假勝地旅行，在盡情享受無邊的綠草，舒適的住宿，及香味四溢的烤肉之餘，他望見一名中年人向他走來，並自稱曾是他的學生。

這位中年人告訴他的老師，他正是當年那個作文不及格的小學生，如今，他擁有這片廣闊的度假莊園，真的實現了兒時的夢想。老師望著這位莊園的主人，想到自己三十餘年來，不敢夢想的教師生涯，不禁喟嘆：「三十年來為了我自己，不知道用成績改掉了多少學生的夢想。而你，是唯一保留自己的夢想，沒有被我改掉的。」

「人因夢想而偉大。」這是第 28 任美國總統伍德羅‧威爾遜（Woodrow Wilson）說的名言。

今天我又找出上文來重讀了幾回，做為今天大姊到高雄安養院探視母親，特別從樓上用輪椅推母親到樓下的庭前，除了餵食母親喜歡吃的土托魚羹麵、木瓜和綠豆汁的美食之外的一項特別意義。

大姊今天探視母親的安排，也可以讓母親感受她當年在臺南後壁鄉下的庭園，回味起當時她撫育我們兄弟姊妹時候的情節。

我回憶起我們鄉下的那「拙耕園」，雖沒有如威爾遜總統所實現夢想中的那麼瑰麗壯闊，但我們舊時庭院的歡樂時光，儘管是已經褪色的記憶，但那庭園景色依舊時常會來到我的夢裡，它是會永遠留在我心中，也希望有一天我也可以實現我的小莊園夢想。

（2019.03.14）

人間有味是清歡

近日在網路讀到一篇《竹子定律》頗富哲理，我特別引用並將內容略做修改：

竹子用了 4 年的時間，僅僅長了 3 公分。從第五年開始，以每天數倍的速度快速生長。其實，在前面的四年，竹子已經將根在土壤裡延伸了數百公分長。

同是兩根竹子，一支做成了笛子，一支做成晾衣槓。晾衣槓不服氣的問笛子：我們都是同一片山上的竹子，憑什麼我天天日曬雨淋，不值一文。而你卻價值千金呢？笛子回答說：因為你只挨了一刀，而我卻經歷了千刀萬剮，精雕細做。晾衣槓此時理解了竹子經得起千錘百鍊的打磨定律，對照我們的人生價值，又何曾不是如此。

我小時候對竹子的特別印象，來自離我臺南老家百公尺遠的一戶林姓人家，他住家附近就種植了數欉的竹子樹，長得高又茂密。在春夏之際，我們一群念小學的同學都會跟著年紀較長的大哥哥們，一起聚在這片竹林裡嬉戲。

有一天，常帶著我們玩的林家大兒子突然被抬了回來，放在他家的埕前，我看到他母親嚎啕大哭的傷心欲絕。聽大人說，這孩子從學校放假回來，與同學相約到嘉南大圳游泳卻不幸溺斃。

至今我都記得這位帶頭引導我們的林家大兒子，在 1960 年代前後的鄉下地方，能夠考取師範學校的學生，學校的功課表現一定是名列前茅的優等生。這大哥哥不但書讀得好，又懂得因為父

親早逝的孝順祖母、母親，和照顧弟妹。

或許是受到小時候接近竹樹林的影響，我欣賞鄭板橋的〈詠竹詩〉：

咬定青山不放鬆，立根原在破巖中；
千磨萬擊還堅勁，任爾東南西北風。

我也一直很喜歡蘇東坡的生活意涵：

可使食無肉，不可居無竹。
無肉令人瘦，無竹令人俗。
人瘦尚可肥，俗士不可醫。

等到我年紀的稍長，也才漸漸體會蘇東坡另一句的生活境界：

雪沫乳花浮午盞，蓼茸蒿筍試春盤，人間有味是清歡。

這充分展現蘇軾在這早春時日，三兩好友煎水飲茶，品嘗時令菜蔬的淡定歡愉生活。

今天特別是大姊到高雄探視母親，帶去了魚湯（加）飯、蓮藕茶、蒸蛋等食物，母親精神顯得特別好。

看到大姊傳來母親吃得津津有味的照片，讓我理解「筷子定律」的生活意涵，和更體會蘇東坡「人間有味是清歡」的生活境界。

（2019.03.21）

遙望故鄉路

隨著年歲的增長，每每聽黃帥（明音居士）唱《楞嚴一笑》的 CD 佛音樂曲，一次又一次、一年再一年，都會有不同的感觸。

這張唱片與我結緣於 2011 年的造訪福建泉州的開元寺，當時我對於主唱者黃帥、撰詞者閻肅、作曲者許鏡清等人完全陌生。回到臺灣後，我陸陸續續查了網站上資料的記載才略知：黃帥（明音居士），中國著名佛教音樂人、原創歌手，北京獅吼梵音工作室創辦人。閻肅（閻志揚），中國大陸著名劇作家、詞作家。許鏡清，國家一級作曲家，高產作曲家，《敢問路在何方》和《西遊記》是成名之作。

今日我聽《楞嚴一笑》的其中一首〈青青菩提樹〉，特別感到一番不同滋味湧上心頭。〈青青菩提樹〉的整首歌詞：

> 青青菩提樹，寶象莊嚴處，經過多少歲月，依然蒼翠如故。
> 仰參菩提樹，遙望故鄉路。幾多朝朝暮暮，漫漫雲煙無數。
> 歷經坎坷終無悔，未教年華虛度。
> 啊……啊……面對大千世界，功過從何數，願此身化作菩提，
> 護眾生光照千古。

或許是自己嚮往禪門淨地的心境，也或許是自己離開家鄉的半百漂泊在外，也或許是昨日又看到大姊到高雄探視 102 歲母親的 Line 溫情畫面，讓我不禁對「仰參菩提樹，遙望故鄉路。幾多朝朝暮暮，漫漫雲煙無數」有著更多的感觸。

（2019.03.29）

不知何處是他鄉

今年清明節假期，我留在臺北，但是受到我思緒始終起伏不定的影響，只得暫時擺下目前手邊正審修《臺灣政治經濟思想史論叢》(卷四)的進度，拿出前年出版的拙作《我的百歲母親手記》來。

這本書是我在母親百歲獻給她老人家的紀念禮物，我重讀了其中記述母親與先父感情生活中的有關文字，和我在補記近些時日來我累積的片段回憶資料，在清明時節雨紛紛的日子裡，讓我激動心情的眼淚不禁奪眶而出。

父親和母親的同年出生，如果父親沒有在多年前離開我們的話，今年也是可以與母親的同享 102 歲，只是我很難去想像如果兩位老人家現在還在一起的話，對於高齡長者的生活那將會是如何？而臺灣的長照政策又是如何呢？

母親在今年清明節日連假的第一天，大姊和大妹就特別到安養院陪她老人家，我得以藉由群組傳來的畫面，共同感受這溫暖的情節。而在假日的最後一天，外姪沅霆、宜欣夫婦又去探視他們外祖母，這讓我的不安心情得以更平靜些。

我嘗試以補記《我的百歲母親手記》的文字，希望可以些微來彌補自己心裡的虧欠，但仍有李白〈客中行〉詩裡「不知何處是他鄉」的感觸。

（2019.04.07）

當妳老了的感傷

　　回溯自己當年北漂的文青歲月，喜歡閱讀有關文學的作品。記得有一年我利用學校剛開學後的不久，有多家臺北著名大書店正在舉辦圖書大打折的期間，我特地從學校新北市新莊出發，搭公路局汽車到臺北火車站附近下車，然後沿著重慶南路的最前端，往總統府方向的一路走去，進入每家書店的有如尋寶藏般，整天下來也不覺得自己腳痠和感到身體疲憊。

　　在這些書店中，我停留最長時間的要屬臺北商務印書館了。印象最深刻的是那年我在該書店買了厚厚上下兩冊精裝的《文學大綱》。當時這書並沒有註明作者，只印有「本館編審部編」〔當時我並不知道該書作者是鄭振鐸，因曾任中共文化部副部長，已被政府列為禁書〕，出版日期是「中華民國十六年四月出版」和「中華民國五十八年六月臺一版」，售價「每部定價新臺幣貳百元正」。

　　要不是因為當時我被書中「愛爾蘭的文藝復興，……復興運動的中心人物如夏芝（Yeats），……」等文字的深深吸引，和其正是我崇拜的詩人葉慈。若以這書的厚度和價格，對於窮學生如我者而言，在不怕買後要餓幾天肚子的窘境下，是要鼓起多大的勇氣和堅定的決心，才得以從商務印書館的書架上，把它帶回到我學校寢室的書桌上。

　　這套書從它 1969 年在臺的重新印行，也是我剛進輔仁大學的那一年，距今已整整過了 50 年。現在我不但已不似當年喜歡葉慈在抒寫〈當妳老了〉的年紀和心境，更感慨自己現在的已成白頭老翁了。

今天看到安溪群組傳來大姊和大妹又到高雄探視高齡母親，以及二哥帶她老人家看完醫生才回來的身體不適畫面，不禁勾起我對葉慈寫〈當妳老了〉這首詩的感傷。詩的內容：

當你老了，頭髮白了，睡意昏沉

當你老了，走不動了。

爐火旁打盹，回憶青春

多少人曾愛你青春歡暢的時辰

愛慕你的美麗，假意或真心。

只有一個人還愛你虔誠的靈魂。愛你蒼老的臉上的皺紋

當你老了，眼眉低垂。

燈火昏黃不定。

風吹過來你的消息。

這就是我心裡的歌。

當你老了，眼眉低垂

燈火昏黃不定

當我老了，我真希望

這首歌是唱給你的……。

（2019.04.11）

慈悲大愛精神

農曆的 3 月，是臺灣媽祖信眾為天上聖母舉辦活動的熱季，
各大小宮廟都分別舉辦了不同形式的祭典和遶境，這與臺灣近四
百多年來發展的特殊歷史背景有關。

我認為這其中的主要原因是臺灣有許多的媽祖信眾，他們祖
先都是早期從閩南地區飄洋過海，在冒著九死一生的險境下，才
得以平安穿越臺灣海峽黑水溝，到達臺灣墾殖而最後定居下來。

在這艱辛的過程中，多少是要歸功於有媽祖的庇護，和受到
媽祖慈悲大愛的精神所感化。這也同時形塑了臺灣特有的媽祖信
仰習俗，和對媽祖文化的研究熱潮。

回想自己在孔子所指「五十而知天命」的年紀，開始藉由參
加學術研討會的機會，走訪了上海天妃宮、寧波慶安會館天后宮、
天津天后宮、湄洲媽祖廟，以及在臺灣也到訪北港朝天宮、新港
奉天宮、下茄苳泰安媽祖廟、關渡的關渡宮、桃園龍德宮，乃至
於日前鎮瀾宮駐駕臺北南港的大甲媽，也讓宗教信仰和對於自己
的人生有更深層的認識與體驗。

媽祖發揮慈悲大愛的精神，猶如我們尊敬自家阿嬤、阿媽、
阿祖的慈悲大愛。媽祖的守護海上安全，我們尊稱祂是海上的守
護神，猶如我們視中華民國海軍的防衛臺灣海峽安全。我們尊稱
媽祖是兩岸和平的守護神，猶如我們認為中華文化是兩岸和平發
展的共同元素。

我們尊奉媽祖，這不禁讓我聯想現職中華民國海軍的外姪，
今天到安養院探視她高齡 102 歲的阿嬤，而且也逢外姪任軍官 10

年，拿到榮譽國民入場券，我特別把這有意義的聯想記下來，表
示我的敬意。

（2019.04.14）

宋江陣追憶

同學從群組 line 來一段戲說《三國演義》、《水滸傳》、《紅樓夢》、《西遊記》的有關文字，簡述這四大中國古典文學名著的各具特色，我節錄引述：

1. 三國：寫了一個大時代；水滸：寫了一幫大英雄；紅樓：寫了一個大家族；西遊：寫了一伙大妖怪。

2. 三國：為的是當皇帝的學韜略；水滸：為的是當大官的學造反；紅樓：為的是當情人的學叛逆；西遊：為的是當神仙的學皈依。

3. 三國：出身不好想創業是有難度的；水滸：出身不好想當官是有難度的；紅樓：出身不好想嫁人是有難度的；西遊：出身不好想成佛是有難度的。

4. 三國：先分後合；水滸：先合後分；紅樓：有合有分；西遊：難合難分。

在這四大部奇書中，我比較不喜歡《紅樓夢》富貴人家的生活習氣，和不喜歡《西遊記》奇幻世界的怪力亂神。相反地，我喜歡《水滸傳》陪我度過青少年時期的講義氣與守信，和喜歡《三國演義》伴我度過青壯年之後的重思考與策略。特別是《水滸傳》小說中的「宋江陣」概念，留給我極為深刻的記憶。

家父生前曾擔任過安溪寮村子裡宋江陣的「教頭」，父親認為有必要保存這項重要的民俗遺產，也不排斥宋江陣保家、護鄉、衛國的尚武精神，但是他並不喜歡村子裡大家給他「教頭」的封

號。

　　父親曾對我說：「時代不同了，宋江陣已不再符合現代社會的需要了，年輕人應該多學點科技方面的新東西」。儘管如此，父親當年還是會將老家埕前的院子，提供做為宋江陣的教習場地，父親也不時會親自下場的排練宋江陣隊形和武術指導。

　　多年之後，我有機會在中央警察大學的通識課程中講授「臺灣治安史」，並出版《臺灣治安史略》一書，每每解說〈檢肅流氓條例〉、〈組織犯罪防制條例〉等條文的立法背景時，我就會引用《水滸傳》的「宋江陣」故事，總是會讓我聯想起父親生前的這段往事。

　　隨著自己歲月的不斷增長，我對父親的思念也就更加深了。

（2019.04.19，2020.04.17 修改）

慈善美德

　　日前我一位在教育界服務的臺南同鄉，他傳來一篇名為〈包裹著尊嚴的慈善〉的文章，我看完之後覺得它非常具有社會教育的意義，容我節錄引述：

> 某天有位女士向小攤販買雞蛋，她問道：「你的雞蛋怎麼賣？」賣雞蛋的老頭回答：「一個雞蛋 5 塊錢，女士。」她對老頭說：「我 25 塊錢買 6 個，可以嗎？不然我就走。」老頭回答道：「好吧，就按照妳開的價錢賣給妳。感謝妳給我帶來開市的好運，今天我一個蛋都還沒有賣出去啊！」
>
> 這位女士買了蛋之後，帶著勝利的感覺離開。她開著豪華車和朋友到一個高檔餐廳吃飯。在那裡，她和朋友點了若干東西，只吃了其中一點點，還剩下很多。她買單的時候，賬單是 1400 塊錢，她給了 1500 塊錢，並且告訴餐廳老闆不用找了。
>
> 那天發生的事，對於這家餐廳的老闆可能很平常。但是對於那位賣雞蛋的老頭子來說，卻是非常痛苦的一件事。

　　這篇文章最後還引述一對父子的感人對話：「我爸爸經常以高價向一些窮人買東西，即使是他不需要的東西。有時候就是他習慣了多付點錢。我對他這個行為有點擔心，所以就問他為什麼要這樣做？然後我的爸爸回答：「這是包裹著尊嚴的慈善，孩子。」

　　我受到這篇文章的感動與感觸，我自己也特別回想是否曾經有過這「包裹著尊嚴的慈善」，或是在我的親人和朋友之中，在他

（她）們平常生活的行為，就已經發揮這包裹著尊嚴慈善的美德。

　　19 世紀人道主義者、法國著名的大文豪雨果（Victor　Hugo）不也說：

　　善良是歷史中稀有的珍珠，善良的人幾乎優於偉大的人。

　　如果我們社會大家可以多一點點兒善良，你也能讓世界變得更美好。

（2019.04.21）

此老還留與後人

今天外姪到安養院探視她外婆，外姪的孝心令我感動，我看著她傳來母親的畫面，看到母親神情的落寞，和身上出現的皮膚病狀，心裡感到十分難過和自責。

母親的高齡和現在的身體狀況，讓我想到佛家有首偈語：

少年莫笑老人頻，老人不奪少年春；
此老老人不將去，此老還留與後人。

佛學中這麼有智慧的話，意在提醒我們世間的每一個人，因為我們人都必須經過少、青、老的人生過程。

「少年莫笑老人頻，老人不奪少年春」，在勸勉我們千萬不要輕視老年人，老年人不但不會妨害年青人發展，反而更會是提攜年青人，讓年青人開拓屬於自己燦爛的人生。

「此老老人不將去，此老還留與後人」，在提醒世間的我們，老年人不可能將世間利益都帶走，老年人所遺愛人間的智慧和貢獻，不也都是由我們後人來承繼和享受嗎？

最後這句「此老還留與後人」，特別是讓我感觸最深，面對的是年邁母親，和自己的逐漸老去。

（2019.04.28）

明月何曾是兩鄉

今（2019）年5月2日我給小孩的line：「爸媽在母親節的前這星期，和你們的大姑媽、三姑媽、四姑媽和小姑媽一起到安養院探視你（妳）們奶奶老人家，並預祝她母親節快樂。」

這次南下的探視母親，當我們要離開的時候，母親顯得很不捨，而且哭得很傷心，但是總有要分手的時刻，這我只能引唐代詩人王昌齡的〈送柴侍郎〉來安慰自己。這首詩裡有這麼一句：

青山一道同雲雨，明月何曾是兩鄉。

用上詩來描述縱使我們分別在各地方，還是享有同樣的雲雨與明月。

在此，我也要特別謝謝以下寫〈爸媽給孩子們的信〉的這位作者，在這篇充滿智慧與感性的文字，幾乎道出了我內心難予直接對自己孩子們說出的話，容我略作修改於後：

親愛的孩子們：

爸媽都七十歲了，爸媽養育你們不是為了傳宗接代，也不是要養兒防老。我們只要你們健康快樂的存在，讓我們有機會與你們同行，這就足矣！

現在要告訴你們的是以後我們老而病了，該怎麼對待我們：

在爸媽最後幾年歲月，我們一定會找到一個安居的地方。不要把我們接到你們的小家庭住，即使我們要求。

在我們不能行動自理之後，不要帶我們出去吃飯。到了那個

階段，吃什麼好的都不重要，不給你們惹麻煩是爸媽的心願！
你們有空來看看就很好了！

當爸媽生活不能自理時，有護理人員照顧，你們最好離開，
千萬不要親自來處理我們的穢物，或是給我們沐浴更衣。因
為爸媽要的是尊嚴，所以請護理人員處理就可以了！

當爸媽之中有一個人先離開，如果還住在大房子，一定要儘
快把另一個安排搬遷到養老院，請專人照顧。爸媽預備了足
夠的養老費用，是可以終老的！

天下無不散的筵席，最後一定一定「不要急救！」，當爸媽萬
一得了老人失智症而變得不可理喻時，請不要生我們的氣。
因為那不是我們能控制的，那是個病態！

當爸媽沒有安全感時，也請常常給我們善意的謊言，當有一
天萬一我們什麼事都不記得了，甚至不認得你們是誰的時候？
也不要傷心，但你們永遠是爸媽心中的寶貝！

好了，這些話或許說的太悲情，但都是將來會發生的，趁著
爸媽頭腦還清醒時，告訴你們這些想法，是必要的。而現在，
爸媽還健康的活著，我們就多聚聚，享受美好的日子吧！

愛你們的爸爸媽媽，寫於 2019.05.05

這封爸爸媽媽給親愛孩子們的一封信，字裡行間充滿了親情，
讓我對母親晚年沒有給他寫意生活和優渥的環境，感到虧欠與自
責。

我更要引英國偉大的詩人莎士比亞（William Shakespeare）的
《李爾王》（King Lear）故事，時常做自我的警惕。因為，莎翁
指出：「孩子不知感恩，比那毒蛇的利牙還要傷人」。

（2019.05.05，2020.04.17 修改）

家有母親

　　日昨在臺北城市大學的大成館 4 樓上課，利用下課的時間走過 1 樓的大廳，看見學校學務處正忙著布置慶祝母親節的活動，學校重視學生的家庭教育與倫理觀念的宣導，看在我們身為老師和家長的眼裡，令人感到欣慰。

　　日前在群組上傳來一篇獲得大陸文學大賽一等獎的文章，是由作者趙海寧寫的，篇名叫〈家有母親〉，讀來真令人感動。

　　作者 40 歲，內容敘述她 70 歲的母親，在她父親過世的 10 年後，接她母親來與她們同住。然後發現母親節儉的善於理財，並把好不容易存下來的錢，用在有意義的地方。譬如幫助兒孫們的購買生活必需品，和樂於幫助鄰居的弱勢家庭等等。

　　作者最後感受母親一生，育有一子三女，都是最普通的老百姓，不官不商。母親本人，更是平凡如草芥，未見過大的世面，亦沒有讀過書，沒有受過任何正規教育，她只是有一顆捨得愛人的心。而她人生最後的贏得大家尊重，便是用她一生的捨得之心，無意間為自己贏得的。

　　讀完這篇〈家有母親〉的感人文章，還有學校的慶祝母親節活動，對照日前我們兄姊妹圍繞母親的感受，和今日二姊夫儘管二姊已經過世多年，他每次仍特地從臺中南下高雄的探視母親，著實讓我對〈家有母親〉有另一種更深層的不同感受。

（2019.05.09）

感人詩

我在輔仁大學研習圖書館學時，儘管當時的系上尚未有明文規定必須修習滿所謂「輔系」的學分，但我在大二那年，為了滿足自己閱讀與書寫的樂趣，還特地到中文系選修了「詩選與習作」這門課。

它是上下學期各 2 學分，印象中授課老師應該是汪中教授，上課聽老師的吟詩與講解倒也樂在其中，但是每逢要繳習作，就不是一件快樂的事了，它總會讓我痛苦好多天。雖然下學期我還繼續選修，但是嚴格的要求繳交習作，最後天資愚鈍如我者，實在難以為繼。

但是我仍堅持中文詩詞的欣賞，所以大三那年我就選了《詩經》這門課。授課老師好像是當時的中文系主任王靜芝教授，因為課堂上是純欣賞詩作，而不必繳交習作。所以影響至今，我總喜歡欣賞詩人的作品，而自己天資愚鈍的拙於詩作的書寫。

現在我簡略引用《詩經》：

> 蓼蓼者莪，匪莪伊蒿。哀哀父母！生我劬勞。蓼蓼者莪，匪莪伊蔚。哀哀父母！生我勞瘁。鮮民之生，不如死之久矣……父兮生我，母兮鞠我。拊我畜我，長我育我，顧我復我，出入腹我。欲報之德，昊天罔極。

另外，也容許我引用出生嘉義，剛過世不久，致力推動臺語文學的詩人作家顧德莎的〈綴阿母去菜市仔〉臺語詩：

> 阿母無讀冊／袂曉寫家己的名佮姓／袂曉讀批／袂曉號名算

筆畫／……。我佮阿母去菜市仔／綴伊趖來趖去／伊講，虱目魚挲鹽煎予赤／較贏食龍蝦／伊講，芹菜芫荽／全款青翠／一款留葉，一款留骨／無仝用途取無仝材料／袂使烏白鬥。……伊買西瓜，請頭家破開／教我看／歹瓜厚子，歹人厚言語／我恬恬聽，毋敢插喙。……我問阿母／風颱天，菜遮貴欲按怎過日子／伊講，好天愛積雨天糧／破面桶貯塗種番薯／番薯葉止飢／蕹菜插骨就會活／菜瓜旋藤食一季／菜頭菜尾提來「豆支」／逐工攏有好滋味。我呵咾阿母趖菜市仔／趖出一身軀的工夫／贏過學堂老師教的冊／贏過孔子公一世人講的話。

讀完這兩首感人詩，觸動了我極為脆弱心靈，更加對不起自己無法善盡照顧年邁母親的責任。

（2019.05.12 母親節）

親情書寫

　　看到外姪與其夫婿在【安溪家族群組】，傳來他們夫妻到安養中心探視母親的照片，並在畫面下寫了：「阿嬤今天精神好」這7個字，讓人備感外姪與他們長壽外婆之間的親情流露。

　　日前有機會和出版界的友人聚會，特別談到拙作的《我的百歲母親手記──拙耕園故事》與《臺灣政治經濟思想史論叢》，在銷路數量上做個比較，感性書寫的《我的百歲母親手記──拙耕園故事》，要比學術（理）性《臺灣政治經濟思想史論叢》的反映好得多。

　　最近我也讀到一則感人的文字，藉此與大家分享：

　　某男生高中時沉迷網絡，時常半夜翻牆出校上網。一晚他照例翻牆，翻到一半即拔足狂奔而歸，面色古怪，問之不語。從此認真讀書，不再上網，學校盛傳他見鬼了。後來他考上名校，昔日同學問及此事，他沉默良久說：「那天父親來送生活費，父親捨不得住旅館，在牆下坐了一夜。」

　　畢竟感性的親情與書寫，讓人更容易感動，更令人留下深刻印象。這也是為什麼我出版《臺南府城文化記述》、《近代名人文化紀事》之後，再寫《流轉的時光：臺南府城文化風華》、《稻浪嘉南平原》與《紀事下茄苳堡》的原因。

（2019.05.19，2021.07.17 修改）

孤獨的強者

臺北城市大學為慶祝端午節，特別與臺北市關渡區的醫院舉辦綁粽子的探視醫院病童的特別活動。我看到學校的這則活動報導，我覺得很有意義，也認為學校做了一項很好的社區敦親睦鄰活動。

今天端午節一早收到學生分別 line 來「敬祝端午安康」和「敬祝端午快樂」的訊息，我對照臺南鄉親（麻豆人）、前元培醫技大學校長林進財傳來「端午佳節，闔家安康」，並附一則有關禮俗常識：「敬愛的好兄弟：端午節不能互祝快樂的，最多互祝端午安康，因為端午節是個祭祀節日：這天……大文豪屈原投汨羅江。」

前國語日報主編余玉英學長給我的 line：

> 人生如粽，不怕你有棱有角，就怕你肚裡空空。人生如粽，
> 經得起熱水沸騰，耐得住冷藏冰凍。人生如粽，向白米學會
> 融合，向粽葉學會包容。人生如粽，不捆綁就是一勺稀飯，
> 不蒸煮哪有美味香濃！祝您端午安康，如意順心！

今天的端午節，我沒有回南部。大姊和大妹是在前兩天就已經先到安養院探視母親，也帶去了魚肉地瓜粥、水果和涼飲，母親食慾滿好的，都全部吃完，大姊還說：「媽媽最近氣色看來不錯。」

可是今天我在臺北，我的心卻是想著母親過去數十年來端午節綁粽子的情節，也想到她近年來生活的孤獨，我心裡寄望她能如德國哲學家尼采《蘇魯支語錄》中所表現「孤獨的強者」。

或許這也是我們不要選擇「孤獨的弱者」人生的一種寫照。

（2019.06.07）

魚肉地瓜粥

　　端午節的前後是粽子飄香的季節，這已是每年臺灣在中秋和
過年之外的三大節日之一。對於離鄉在外打拼的遊子如我而言，
每逢端午總會想起母親綁粽子的情節記憶，和回味起品嚐過後的
口齒留香。

　　然而，隨著自己年歲增長和工作環境的變遷，有些經驗漸漸
地都只能讓它靜靜深藏在心坎裡。現在母親的高齡，腸胃狀況已
不再允許她吃高熱量和比較難消化的粽子，只得改以容易吞食的
粥品食物。

　　今天是端午節日連假的最後一天，外姪又準備了涼飲和魚肉
地瓜粥給她外婆享用。林語堂在《生活的藝術》特別提到他個人
的食物哲學，大概可以歸納為三事，即新鮮、可口，和火侯適宜。

　　這些日子以來，大姊、大妹和外姪帶給老人家食用的佳餚，
都是遵照林語堂所指出新鮮、可口，和火侯適宜的基本原則。

　　特別是帶去的粥品食物，最符合常言道：

一如粥的暖身暖心；二如水的君子之交，淡如水；
三如茶的清雅，高潔。

　　這是古人云摯友三品，道盡人生的美食與人生哲理。

（2019.06.09）

人生樂在相知心

　　學期即將結束，忙著閱卷、登錄成績，和安排暑假準備完成的稿件，乃至於下學期授課的教材，都集中在這時候能夠理出一個頭緒來。

　　臺北連續幾天的火熱天氣，平均高達 35 度，真令人有些吃不消。在這麼熱的天氣，看到么妹特地從臺北到高雄探視母親，還會合了大姊從臺南，大妹從新營，三姊妹一起前往。

　　她們從家族 line 來與母親的合照，我看照片中的母親似在閉目養神？看起來好像很悶的氛圍，跟往前她老人家見到親人，臉上總會顯露出些微的愉悅表情有很大的不同。大姊說：「可能娘心裏有心事吧？」

　　么妹說：「今天媽媽進食意願不高，看起來悶悶不樂！問她在想什麼，沒回應，只是搖搖頭！」我想：老人家或許因為天氣太熱的關係，情緒和食慾也難免會受到一點影響，畢竟是已經高齡 102 歲了。

　　後來二哥特地在安溪群組 line：「媽媽閉目養神和可能心裏有事吧！我想世上老人多，失智老人每日生活的臉型，可從文獻查一下，可知一二。母親失智長庚醫生已診斷為中度症狀。尤其到了要餵晚飯時的臉色之樣態，只有留給有機會來餵的人去體會了。」

　　我想我們家人都關心母親的身體和生活情況，讓我突然想起宋朝王荊公（安石）「人生樂在相知心」的詩句來。

（2019.06.21）

與母親的對話

　　2019 年 7 月 3 日我和內人選擇暑假一開始的時間，先回到新營處理完事情，並繞回安溪寮老家的短暫停留，便前往高雄探視安養院的母親，這次距上回 5 月 2 日的南下探視已有二個月了。

　　這趟我們是在新營搭自強號火車，大姊在臺南站上車與我們會合，到達安養院已是下午 3 點許。我們到的時候母親正躺在床上睡著，我們找來院裡幫忙看護的外傭，將母親抱起來安坐在輪椅上，聽說昨天母親手臂有點擦傷，所以給母親身上繫上一條布製的帶子，好讓母親可以坐起來安穩和舒服些。

　　母親看起來精神很不好，大姊為她準備了用雞湯熬煮好的肉粥，母親吃了兩、三口後，顯得很沒胃口，就開始緊閉起嘴巴來，大姊只得先讓她喝涼的飲料，母親似乎口渴的很，很快就把裝在這水壺裡的蓮藕水喝得精光。當大姊再給她吃木瓜的時候，母親也只吃了兩、三口之後就搖頭表示不吃了，大姊於是又換成葡萄，母親還是緊閉嘴唇和搖頭，我覺得出來母親是吞嚥有些困難。

　　我們先後挨近她耳邊嘗試與她說話，我用母親以前習慣的話語來對話，告訴母親說：「學校暑假，阿壽從臺北來了看妳。」母親閉著眼睛勉強的點點頭，看起來很疲倦得想睡覺，我推著輪椅稍微地走動，儘量讓她人能感覺舒服些。

　　母親的室友見此情景，告訴我們說：「昨天有帶她去看醫生，好像喉嚨痛，不舒服。」，我想是平日辛苦照顧母親的二哥帶去看醫生的，母親今年 102 歲，又有如二哥所言醫生診斷的中度失智。我想政府一再宣傳的長照福利政策，應該會在某些方面的提供照

顧，來減輕家屬的負擔吧？

　　我們查看了醫生診斷後開的處方，塑膠袋藥包裡所附單子的說明，寫著母親有泌尿道炎、支氣管炎、肺炎等症狀，藥方開的有消炎、止痛藥，也註明了服用後會有倦怠的現象。或許母親是服用這些藥之後的副作用影響，所以才特別顯得疲倦，想睡覺。

　　大姊說：「她上禮拜來看阿娘的情形，跟今天的情況差不多。阿娘吃得很少，體力看起來越來越衰弱。」這現象與我們二個月前來這裡一起過母親節的情形差了許多。

　　記得當時母親的精神很好，大姊平常為她準備的粥品、水果、飲料，外加一小塊蛋糕，她都胃口很好，通通吃光光。母親還問起三姊做裁縫，和記得大妹和么妹啊！

　　這回當我要離開時，母親還是一直閉著眼睛，我在挨近她的耳邊告訴她：「阿壽要回臺北了，有空再來看妳，好不好？」母親點點頭。大姊於是在她耳邊說：「那就揮揮手啊！」，我看見母親扶在輪椅上的手指動了動，也輕輕地揮了揮，我趕緊用手去觸摸她那已瘦成皮包骨的手，和每一手指頭已有微腫的關節，我希望能表達出我們母子之間一片會心的感受。

　　我又輕輕地在母親的耳邊告訴她：「阿壽要回臺北了，有空再來看妳，好不好？」母親點點頭。此時的我，突有一股心酸湧上頭，我不忍說出再見，只得眼眶含淚的轉身離去，悵然搭車回臺北。

（2019.07.05）

思緒總在離別後

　　日前到安養院探視母親，在離開高雄回到臺北之後，心頭的沉重只有自己最清楚，接連下來這幾天，總是繞著自己到底為母親做了些甚麼？自己又能為高齡 102 歲的母親做些甚麼？

　　想到年老病中的母親，她已久的不良於行，平常只能在床上與輪椅之間的做轉換行動；身上膚色已出現褐黑色的病狀，也許是血液循環不好；已經脫落的牙齒，讓她無法順利吃食物，只能進用一些液體食品。

　　母親經過醫生診斷的中度失智病症，依政府的長照理應領有身心障礙手冊，以減輕家屬的經濟負擔。看到母親的病狀，也不禁讓我回想起父親在過世前，成為植物人的那幾年臥病期間，母親是如何地盡到身為人妻無微不至的照顧植物人父親，讓我們身為人子的可以無慮在外打拼。

　　思緒總是在離別之後湧現，這幾天在臺北總是掛念著高雄母親的病情。今天的溽暑下午，我揮著汗水審定即將出版《臺灣政治經濟思想史論叢》（卷四）稿件時，外姪傳來她與夫婿探視外婆的照片，我趕快給 line：「外婆的食慾好嗎？吞食有改善了嗎？」

　　外姪回說：「吞嚥無問題，但今天仍吃的不多；阿嬤精神算好，知道我是誰，還擔心我太晚回家。」我心情也轉輕鬆的回說：「阿嬤看到孫女和孫女婿，心情就開朗多了。」

　　外姪接著回說：「今天還是有鬧脾氣，喊不吃藥；經舅舅的半哄半騙，阿嬤才願意給藥吃了。」接著群組的家族人也陸續出現「讚」、「感恩有妳」的圖樣與字句。

（2019.07.07）

重讀胡適《四十自述》

　　暑假整理舊作，翻出一篇發表於 1988 年 2 月 10 日《臺灣日報》的專欄文字，寫的內容是記述胡適母親的兼任恩師與嚴父角色，讓我回想起 31 年前的情景，那時還處在「書寫都為稻粱謀」的階段。這篇稿子現在收錄在我出版的《近代名人文化紀事》的電子書。

　　今天我重讀胡適的《四十自述》，讀到他描述：「我母親待人最仁慈，最溫和，從來沒有一句傷人感情的話。但她有時候也很有剛氣，不受一點人格上的侮辱。」

　　胡適還寫到：

我〔指胡適〕在我母親的教訓之下住了九年，受了她的極大極深的影響。我十四歲（其實只有十二歲零兩三個月）就離開她了，在這廣漠的人海裏獨自混了二十多年，沒有一個人管束過我。如果我學得了一絲一毫的好脾氣，如果我學得了一點點待人接物的和氣，如果我能寬恕人體諒人——我都得感謝我的慈母。

　　今天重讀了胡適的《四十自述》，特別引用了胡適的上述兩段話，作為我今天看到大姊 Line：「……娘昨晚和今早有正常地喝了補充營養的亞培牛奶，吞喉嚨痛的藥也吞的很好，就沒去看醫生了。」的心情記述。

（2019.07.10）

母親住院記

第 1 天（2019 年 07 月 15 日，星期一）

　　下午從安溪家族賢侄傳來母親送高雄長庚急診的消息，心情大受影響，五味雜陳。

　　母親在醫院的情形：阿嬤身體不適，沒有進食，現在高雄長庚醫院急診室，待抽血，驗尿檢查中。先讓老爸去樓下吃飯。我在看。已抽血，驗尿檢查，現在要照 X 光。阿嬤，已經照過 X 光。現在等報告出來後，再看後續如何處理。請教族人，知道阿嬤的血型嗎？阿嬤貧血，要輸血。只想先知道，醫院會再驗血。阿嬤要住院。醫院驗血結果，阿嬤是 A 型。在第一觀察室，等待病房。等待輸血中。

第 2 天（2019 年 07 月 16 日，星期二）

　　一早【安溪家族群組】二哥傳來信息：昨晚已輸血五百 C.C.，喉嚨發炎已處理中，其他部分檢查今天才會知道。醫院住院房病人客滿，現無法住入病房。現在安置在觀察室，病情穩定，已請看護照顧中，一切安好。不要急著來探訪啦！已請看護，來了我不一定在醫院，謝謝關心。媽媽住的是鳥松澄清湖長庚醫院。醫生查房完畢，告知貧血還要再輸血及尿道發炎繼續打抗生素，醫生告知如果鳳山（現長庚經營）醫院有空病房即將往繼續住院觀察醫治。醫生告知現可轉鳳山醫院住院治療，正辦理手續中。

　　下午 6 點二哥 line 傳來：母親已轉至鳳山醫院住 207C，現等待醫生複診中。母親因長期缺水，腎功能退化很多，缺血及尿道

炎等症狀可以同時醫治，主治醫師是鳳山醫院院長，現開始打點
滴了。

第3天（2019年07月17日，星期三）

　　早上8點多二哥在【安溪家族群組】傳來：母親早上大便，
剛好院長來查房，眼見冀便顏色，告知有胃出血症狀，待檢驗後
處理。

　　晚間，么妹line來：「今天大姊、三姊與我南下探視老媽。目
前插鼻胃管，禁食（胃可能出血），身體很虛弱。等胃病的問題解
決了，再進食營養品。因為媽媽嘴巴都不張開，只好插鼻胃管以
便餵流質食物及藥物。輸一袋血後血紅素才5，輸了四袋後才有
10，正常是12。早上有解便是呈黑色狀的，院長巡房時，認為可
能有胃出血現象，還要進一步檢查。腎臟也萎縮了，尿道炎治療
中。目前生命是穩定的，希望老媽能早日康復！」

第4天（2019年07月18日，星期四）

　　下午7點14分二哥群組傳來：「母親因胃出血尚未癒合，除
續服藥外至今還不能進食，目前仍打點滴中。」

　　大姊、姪女、二姊夫，和我自己紛紛向二哥表達辛苦和偏勞
之意，大家感恩在心。

第5天（2019年07月19日，星期五）

　　早上8點42分二哥在群組傳來：「母親之前有抽尿檢驗，今
早當面請示經醫師告知：檢驗報告尚未有結果。」

　　二姊夫、大姊和我分別傳上貼圖為母親祈福。我雖忙著撰寫

《臺灣政治經濟思想史論叢》（卷五）的稿子，但心裡掛念著母親的病情。

晚間 7 點 44 分侄子在群組傳來：「阿嬤：今日已經有喝營養素，中午到晚上已食用 2 瓶，有開口講話叫了阿姨～」。我回應：「賢侄辛苦了。」賢侄回應：「應該的～叔叔」。

第 6 天（2019 年 07 月 20 日，星期六）

早上 8 點 25 分二哥傳來：「早上醫師告知，驗血時發現媽媽有甲狀腺的毛病，現一併醫治。」

我的回應：「甲狀腺需要開刀嗎？」二哥回說：「甲狀腺腫大而已，目前指數偏高。」我馬上回應：「二哥辛苦您了。」

下午二姊夫 line：「二哥：我預定 4:30 左右到醫院看媽媽，270 房不變？」大姊回說：「是 2O7 病房」。二姊夫回應感謝的貼圖。接著二哥回應：「知道了，我在醫院。」

第 7 天（2019 年 07 月 21 日，星期日）

今天整天都沒有傳來母親的信息，心裡掛念母親病情，難靜下心來思考與書寫，勉強轉移在整理有關徐復觀新儒家與本土化思維。

已故么弟的兒子到醫院探視母親，他是臺大醫學院畢業後在長庚醫院服務，小時候有一部分時間在安溪寮老家由母親幫忙帶大。根據他的描述，母親聽到他的聲音還特別睜大眼睛、點點頭，母親並無出現特別異狀。

第八天（2019 年 07 月 22 日，星期一）

整日無母親病情的信息，思緒很亂。午休時心情難受，預感

有事發生。

第九天（2019 年 07 月 23 日，星期二）

　　清晨 1 點多，接到二嫂打來電話，告知母親已在睡眠中安詳往生，我頓時呆坐書房椅子上哀傷不已，淚流不止，勉強撐到天亮，即搭 7 點 31 分高鐵下左營再轉計程車到高雄殯儀館。因為二哥在接到醫院的通知時即趕往鳳山醫院，將母親大體由禮儀社移往殯儀館布置靈堂。我在 9 點多到達時都已安排就緒，二哥等人正與安溪寮黃老師商談喪葬事宜。

　　初步決定：簡單隆重，不鋪張原則。禮儀社轉由黃老師接手部分喪葬事宜。黃老師在看過我們的生辰後，決定晚上 6 點禮儀師過來整裝儀容，7 點 15 分進行入殮儀式。

　　下午一點多，大姊、二姊夫、三姊、大妹夫婦、么妹夫婦等陸續都趕到殯儀館設的靈堂。六點鐘禮儀師和助理多人準時來幫母親整理儀容，我們家族人陸續來到，有如小型聚會。根據民俗，母親大體整裝完成，我們先有個圍繞瞻仰遺容儀式，母親臉上有如她生前總是那麼的慈祥。

　　我們在靈堂前列隊成左右兩排以恭迎大厝（棺材）進場，在黃老師說：「子孫有無準備大厝」的之後接上答覆「有喔！」（為母親準備好的大厝）。並在隨佛教師父誦經之後，結束了今天儀式。我們搭晚間 9 左右高鐵回臺北，到家已近 11 點。晚上寫〈懷念母親——陳母廖太夫人行述〉一文。

（2019.07.22）

懷念母親

我們最敬愛的母親，民國七年七月十七日誕生於臺南縣後壁鄉安溪寮頂安村的廖姓人家，是一個典型的務農家庭。

日本人統治臺灣時期，母親就如同當時的許多女性命運，並沒有很多機會的可以接受正規教育。母親在她孩提年紀，就開始在安溪派出所幫忙照顧日本警察的小孩子，而且已經表現出她非常靈巧、懂事的勝任了「褓母」的幼教角色。

母親荳蔻年華時期，從事臺糖公司甘蔗採收的「削蔗根」工作，母親的任勞勤快，以辛苦賺來的收入來分擔家計。在與同服務於台糖公司的父親結婚之後，得重新去適應一個新環境的生活。

母親剛嫁進陳家時，除了服侍公婆的生活起居和照顧幼小的小姑、小叔，乃至於幫助他們成家立業。同時，母親還要下田工作，偕同父親養育緊接著來的我們兄弟姊妹九人，和呵護孫輩的長大成人，如今他（她）們都已能努力在各領域有所表現，不負她老人家的期望。

母親生前一再鼓勵我們出門在外打拼，遇事不要怕吃苦，也經常提示我們的一句話：「一枝草一滴露、天無絕人之路」。母親謙卑的堅忍個性，還表現在她的耳順之年，無微不至地照顧臥床多年的父親，他們的鶼鰈情深，更令人敬佩。

母親的學習力強，記憶力好，儉樸有常，處事有方，待人親切，事親至孝，久為鄉里稱頌，亦曾當選模範母親。

我們有幸受她的呵護與扶持，卻不能讓她享有更寫意與優渥

的晚年，這是我一個深沉的遺憾，我只有在以後的無數個日思和
夜夢中，慢慢償還。

　　母親熱愛她的一生，成就了家人的精采。她始終抱持一顆善
良的心，無私無我、全心全力付出的不求任何回報。母親總是那
麼地貼心，處處為人著想，縱使在她最後的住院一個禮拜，母親
表現得仍然那麼堅強，可以說是選擇在靜默的睡夢中安詳走了，
一點兒都不想要麻煩人家。

　　母親這樣的情懷，何等聖潔崇高，是我們子孫的典範。但人
生有時，母親的慈愛無境，她的大愛精神更永遠與我們同在。

　　天下也沒有不散的筵席，現在母親遠行了，即將與闊別她二
十八年的我們父親，相伴於安溪寮老家附近的懷恩堂。他們兩人
在西方極樂世界，一起相隨在佛祖菩薩身邊，永浴佛光的照拂。

　　民國一0八年八月三日是我們為最敬愛母親舉行的一場告別
式，堪稱母親一0二歲的「喜喪」吉日。就讓我們收起心中許多
的不捨，肅穆送一程我們最敬愛的母親：一路好走。天佑子孫。

　　　　　　　　　　　　　　　　　　　　　（2019.08.01）

彥廷的阿嬤感念文〈回家〉

我的阿嬤過世了。

老爸傳訊息來的時候，我並沒有特別悲傷的感覺，或許因為阿嬤已經 102 歲了，而且子孫滿堂；又或許是因為，那一輩的長輩已經陸續離世，我在心中隱隱知道，這一天終究會到來。

老爸希望我寫些紀念阿嬤的文字，我想了很久，還是遲遲無法動筆。小時候雖然也寫過幾篇關於老家、關於阿公阿嬤的文章，現在年近四十，回頭去看，只覺得十分汗顏。

關於阿嬤，我到底了解多少呢？

兩歲以前，我是在臺南給阿嬤帶的小孩。來臺北以後，老家就變成逢年過節才會回去的地方。那時候還沒有高鐵，爸媽會帶著我和弟弟，坐很久很久的國光客運或火車，到站再搭別的車子回安溪寮。有很多年的時間，我對老家的印象就是一大群親戚，阿嬤、姑媽和伯母們輪流在廚房出現，伯父、叔叔和姨丈們在客廳聊天，小孩們則在四合院裡跑進跑出。

家，好像應該就是這樣子的。堂姐說，附近來了走失的狗兒，阿嬤好心餵食，牠們就在這住下了，幫忙看家，還生了一窩小狗。那個時候，我總愛趁大人不注意，偷偷去摸這些溫暖又毛茸茸的小動物，或者坐在階梯上發呆，看小狗在院子裡跑來跑去，直到夜幕低垂，大人來叫我們進屋吃飯。

家，就應該是這樣生氣勃勃的。有段時間，阿嬤在老家旁邊的空地上種菜。春天的時候，來了一園子的白粉蝶，阿嬤怕牠們在葉子上產卵，幼蟲把菜葉吃光，就交代我和弟弟拿掃帚把牠們

撲下來。我還記得，阿嬤拿了兩個大大的透明塑膠袋，先充滿空氣，再叫我們把一息尚存的白粉蝶裝進去。我猜，阿嬤是要到別地方野放這些白粉蝶吧？放了牠們，不會再飛回來嗎？

年少無知的我，並沒有體會到阿嬤對生命的尊重和寬容，只知道菜種好了，就能帶好多好多回臺北吃。我以為人生很長，生活很簡單，直到我也結婚生子，成為兩個小孩的母親，再多的聰明才智、再大的雄心壯志也消磨在日復一日的柴米油鹽裡。孩子出生的頭幾年，時常半夜啼哭，即使用盡方法也換不到片刻安寧。極度沮喪的時候，我總會想起阿嬤，她把九個孩子撫養成人，又帶過好幾個孫子，她是怎麼熬過這些夜晚的呢？

那雙下田工作、張羅家事，拉拔孩子長大、為親戚鄰里「牽新娘」的手，還照顧中風臥床的阿公長達七年。

阿嬤是怎麼辦到的？這在我心中是不解之謎。

阿嬤頭七那一天，晴空萬里，日頭熾烈。走進靈堂，看見阿嬤的照片，我好像有些明白了。

那照片選得極好，阿嬤笑吟吟地，又有些靦腆，彷彿見到我們，是她最感到歡喜的事。那一刻，我好像又回到小時候，看見豔陽高照，柏油路一路滾燙地通往老家。那兒有我的親人，我們家族的根，在阿嬤的悉心照料下成長茁壯、開枝散葉。而阿嬤的人生，也跟那年代許許多多的女性一樣，在日復一日的操持家務、養育和照顧中完成。

有人說，媽媽在哪裡，家就在哪裡。然而，花會凋謝，人會離開，唯有愛是穿越一切的那條線，把家緊緊繫在心中。

愛是這一切的答案，而家，就在那裡。

（2019.08.03 告別文）

《嘉南記憶》臉書卷尾語

　　臉書上的《嘉南記憶》，是我從 2018 年 4 月 11 日發表第一篇開始，迄今（2019）年 8 月 7 日止，一共累積了 115 篇，約 10 萬字。

　　回溯當初我的書寫動機，即是採自述性文體的方式來書寫，內容旨在記述母親與家族人的往事，以及母親與我們生活的地方，這也大都是以鄰近嘉南的地區為主。

　　8 月 3 日隨著母親告別式、火化、撿骨、裝罐之後的發引，回到了後壁安溪寮老家懷恩堂的完成安（神）主牌與晉塔位大事。從今我已成為一個無爹無娘的頓失所怙，心中哀痛久久不能止。

　　幾次嘗試提筆的想繼續書寫記憶嘉南的文字，但腦中盡是一片空白，我告訴自己這是我該停止《嘉南記憶》書寫的時刻了。

　　記得學生時代讀崔顥〈黃鶴樓〉，當時的這情境都只是停留在背誦的記憶裡，現在完整詩文的不禁浮現：

> 昔人已乘黃鶴去，此地空餘黃鶴樓；
> 黃鶴一去不復返，白雲千載空悠悠。
> 晴川歷歷漢陽樹，芳草萋萋鸚鵡洲；
> 日暮鄉關何處是？煙波江上使人愁。

　　多年的自己離鄉在外，對於嘉南景物的記憶也已漸漸淡去。近幾個月來，縱有機會陪陪兩位外孫再重讀這首詩，自己心境的轉換也帶有幾分領悟。但現在母親的遠行，更讓我有著生離死別的哀痛。

（2019.08.07）

第三部分　師友記憶

圖書館週的記憶

　　下課後走進學校圖書館時，看到飄揚的旗幟，仔細一瞧，上寫著：「圖書館週活動　日期 12 月 1 日～12 月 7 日　臺北城市科技大學圖書館敬邀」，驚醒我流逝無情的時光，又將是一年的過去。

　　回首 48 年前的初進大學之門，自己選擇和聯考分發的念了圖書館學系，從此對圖書館有著一份特殊的情感，到了每所學校總不禁會關心起圖書館的藏書特色，和學生使用圖書館的情形。這段書寫收錄在拙作《文學、文獻與文創——陳天授 65 作品自選集》。

　　特別在那個圖書館學與資訊科學正是國內啟蒙發展的年代，加上自己對於閱讀與書寫的一股狂熱。

　　猶記得當年在每年 12 月第一週的圖書館週，我的熱心參與推動各項活動，迄今如影歷歷的令我難以忘懷。

　　學校圖書館人員知我心的鼓勵學生充分利用圖書館資源，和我每週到學校上課的進出圖書館查閱資料，特地邀請我站在這有特殊意義旗幟的旁邊拍了這張照片。我也感到溫馨，特別要謝謝負責這項推廣活動的蘇組長。

　　圖書館的記憶，讓我想起已逝的二姊，是她當年在我選系時委婉勸導，希望我放棄我的堅持，由哲學系的改填為圖書館學系。

　　人生有些的選擇很難說對錯，或許上天總有安排，由不得人也。圖書館週讓我更懷念我的二姊，也同時對今天從臺南到高雄探視 101 歲母親的大姊，表示敬意。

（2018.12.06）

難忘嘉義中學依風臺

嘉義中學位於山仔頂，學校別稱「旭陵崗」，日治時期嘉義中學校歌中有旭陵一詞，而且日治時期校友組成的校友會也稱為「旭陵會」。

2016年4月8日詩人余光中在嘉義中學演講之前，特地為他，也為「旭陵文學館及嘉義中學步道」開記者會。余光中說他來嘉中「光在嘉中」，使得「嘉中在光中」。旭陵文學館是全國高中首創。

今年夏天臺灣的天氣酷熱無比，真令人難於消受，所幸暑假期間在審修《臺灣政治經濟思想史論叢》（卷三）與（卷四）之餘，也利用空暇的時候觀賞了《軍師聯盟 2》電視連續劇，迄今播完第 39 集。

劇情已演至司馬懿主導的〈高平陵事件〉。根據《晉書·宣帝紀》：

> 嘉平元年〔公元 249 年〕春正月甲午，天子〔少帝曹芳〕謁高平陵〔曹叡之墓〕，〔曹〕爽兄弟皆從。

於是司馬懿藉機稟奏太后，訴說曹爽罪狀，發動政變，廢去了曹爽兄弟等人的一切職務。

劇中凸顯的「依依東望」一詞，令人深思與費解。它最先出處是在諸葛亮與孟達書中。也許這只是一封離間或刻意被洩密的書信而已，可是無論對諸葛亮或司馬懿而論，他們的「依依東望」有著懷抱天下大勢、家族興旺與個人雄心。

　　我聯想起的「依依東望」，讓我回憶到 1967 年讀省立（今改國立）嘉義中學高中二年級的時候，有次當時的校長張明文先生利用升旗典禮對著全體師生，說明新蓋好運動場的司令臺，為什麼他要命名為「依風臺」呢？

　　儘管校長在「依風臺」上費力的解釋，並引經據典的詳加說明，迄今我猶記得的大意是：倚望思鄉、反攻大陸、勉勵學子、努力讀書的殷殷之情。

　　觀賞【軍師聯盟 2】，不但帶給我酷暑假期的消暑效果，「依依東望」一詞更帶給我對已經離開嘉義中學整整 50 年的難忘「旭陵崗依風臺」。

（2018.08.10）

　　補記：1947 年〈二二八事件〉發生時，唐秉玄（1908－1994）擔任省立嘉義中學校長。唐校長江蘇塩城人，與郝柏村同鄉。1944 年進入中央訓練團台灣行政幹部訓練班受訓。1945 年戰後來台擔任行政長官公署教育處科長。遺著《唐秉玄台幹班日記（1944-1945）》記述了較少為人知的台灣接收歷史。

（2021.07.17）

教師節前夕感言

今晨一大早從臺北出門的時候，正好下著大雨，經過一路轉車，到了桃園龜山卻是陽光普照的豔陽天，頓時心情隨著開朗起來。當上完推廣訓練中心在職學生課程的結束時刻，在學生鼓掌和預祝教師節愉快的聲音中，猛然感受又是一年教師節的到來。

回溯自己最早的從事於教職生涯，曾經有過一段短暫在高職擔任教師的經驗。這所工商職業學校的成立，正值臺灣在 1970 年代經濟開始起飛的階段，也扮演為當時國家經建發展，培植了不少工商業人才的重要角色。

學校的地址是位在現在的臺南市柳營區，從我老家後壁安溪寮出發要到學校上課，比較便利又節省時間的交通方式，就是藉著騎摩托車為最理想的交通工具。

猶記得當時我的身體腰椎已偶而會出現不適的症狀，如果再碰到下雨時候的騎車出門，父母親再三叮嚀「騎車要小心」的聲音，正如現在我書房外雨滴聲的響於耳際之時，令我不敢忘。

當年父母親溢於言表的關心情景，儘管至今已過了 40 個年頭，現在只要一回想起那種滋味的感受，真是長留自己點滴在心頭，也讓我更關心起今天大姊到高雄探視母親之後，傳來她老人家精神不是很好，二哥已帶她去看過醫生的消息。

在今天的教師節前夕，我除了回想自己初任教職時父母親滿滿關心的情境，亦如我現在感懷高齡母親的身體狀況之外，我也時刻關注被我授課學生的學習反應。或許這就是我當前身為人子和人師的應盡一份責任吧！

（2018.09.27）

儒家思想

日前在一場學術研討會上，榮幸擔任李顯裕老師發表〈余英時與新儒家〉一文的與談人，這對我的教學、研究，與當前的書寫工作而言，真是一大考驗。

為了準備與談資料，也想購買余英時先生日前剛印行的《余英時回憶錄》，我特地搭車到臺灣大學附近的誠品和聯經，詢問了這二家書局，得到相同的回答說，此書已全部售罄，要買的話就必須先再預訂。這番暢銷書的榮景，倒是當前臺灣出版學術性書籍的少有現象。

在書寫與談文時，因為余英時先生的學思歷程，他曾師承錢穆（賓四）先生，我也就特別重新閱讀了錢穆先生的相關著作。

我手邊正好有本錢穆先生在《文化學大義》中的一段話，我特別將它引錄下來，做為今天大姊從臺南到高雄安養院探視母親的一點感想。

錢穆先生說：

> 個人對父母之「孝」，對夫婦對兄弟之「愛」與「和」，對國對君之「忠」，對社會對朋友之「信」，如何善盡我一己之性情，以達於家、國、天下吾所處身之大羣間，其一切領導，皆在一己內心之「性情」上。……其大本大源則曰「誠」。

上引這段具有儒家思想的道理，或許也可以順便提供給目前臺灣正從事於政治人物，或是積極競選活動的候選人，和提醒我們選民選賢與能，你我都有責任，大家共勉之。

（2018.11.15）

尾牙話政壇滄桑

　　臺北城市大學 107 年度年終尾牙訂在臺北華漾大飯店的中崙店舉辦，巧的是在我接到邀請函後，因已先有安排其他行程，今年也就不克參加了。

　　近年來，很榮幸我都獲邀參加該校每年的年終尾牙餐會，會場氣氛融洽，熱鬧非常。特別是所有節目都由該校教職員生自行排練演出，節目中並進行抽獎活動，人人都希望抽到董事長鄭逢時提供的大獎。

　　臺北城市科技大學原名光武工專，1971 年創校於臺北關渡區，迄今將近半世紀，校務穩定發展，現有師生約 1 萬 2 千名。當年的創校目的，主要是配合政府為了培養工業技術人才而設立。

　　當然這幾年來社會對政府的教育政策都所批評，尤其是私立科技大學的未來發展方向，大家更對負責督導教育的單位有所期待。尤其今天也是賴清德與蘇貞昌新舊閣揆交接的日子，閣揆的這行政院長職位，同時也讓人聯想到昨日才剛過世滿 31 周年的行政院長蔣經國先生。

　　蔣經國在 1970 年代前後的推動本土化政策，最為人懷念與推崇。有回我在臺南縣旅北同鄉會餐會的場合，聽到當時任同鄉會理事長楊寶發的談起，當他於 1977～1985 的擔任臺南縣長期間，蔣經國經常下鄉視察，關心老百姓的生活情形。

　　後來有次我到前縣長楊寶發的復興南路住處，他特地拿出一張當時在縣長任內陪同蔣經國視察臺南柳營地區酪農的合照，我一直保存至今。而我在 2012 年 4 月 2 日在楊寶發的復興南路公館

曾有一篇簡短的〈與前臺南縣長楊寶發對話記〉，有關他的回應如後：

1. 農曆年後在榮總住院約 1 個月，並因主要是肺積水，後續還要追蹤治療。
2. 1930 年 10 月 29 日出生於臺南新化，高中就讀臺南一中，臺大政治系畢業後，高考及格，擔任公職。連震東在內政部服務時，楊擔任其秘書。
3. 在蔣經國推動本土化政策時，楊先後出任苗栗縣黨部主委（1966～1970）、南投縣黨部主委（1970～1972），調任臺北市民政局長（1972～1977）後；1977 年經國民黨提名當選臺南縣第八、九屆縣長（1977～1985）屆滿，安排擔任唐榮、臺灣土地銀行常駐監察人（1986～1990），在連戰出任臺灣省主席時派任臺灣省府委員兼經濟建設動員委員會主委（1990～1993），在連戰出任行政院長時擔任內政部政務次長（1993～2000）。
4. 楊指出，吳伯雄擔任內政部長本屬意李本仁由常務次長轉任政次，但名單呈報行政院卻核定由其擔任，原因是當時人選由行政院長連戰核定，主要是其曾擔任兩任縣長，熟悉地方政務，亦深獲蔣經國總統在其擔任縣黨部主委和縣長期間的為黨、為政府服務的工作績效很了解、也很肯定。
5. 楊指出，未能出任內政部長，主要是李登輝總統的因素，因為在擔任臺北市民政局長時，正是林洋港擔任臺北市長。
6. 希望有機會針對二二八事件、臺灣治安再深入訪談，並談談其與連震東、連戰父子的關係。

　　但 5 月 16 日中午王義榮秘書來電：楊次長在榮總住院，情況很不樂觀，常有陷入昏迷現象，我們約好下午六點左右，準備前往探望。下午五點王義榮再來電，次長已往生，一起去探望的事就取消。

　　2012 年 5 月 18 日下午 7 點左右，王義榮秘書來住家附近取走楊次長在 4 月 2 日送我的一本「前臺南縣長楊寶發簡歷」，該文件係影本，內容是從楊次長擔任臺北市民政局長開始，到臺南縣長卸任為止有關黨政單位頒給的獎章、獎狀證書。

　　王義榮秘書說為了提供報請總統府和國民黨中央黨部褒揚令之用。至於有關治喪事宜，5 月 21 日他將楊次長夫人一起前往內政部商討。

（2019.01.14，2020.04.17 修改）

老友重敘話當年

　　日前應前國立空中大學校長黃深勳邀約，在天仁喫茶趣中山店的中午餐敘，來賓還有前元培醫事大學校長林進財教授和銘傳大學杜玉振教授。

　　我們談到許多共同的朋友，特別想念起與我和進財兄（麻豆人）同是臺南鄉親的已故莊懷義好友。懷義兄學甲人，1970 年代為政府推動本土化政策，刻意培植的「吹（催）臺青」，他與許水德、柯文福皆畢業於國立師範大學教育學系的高材生。

　　1986 年 8 月懷義兄從國民黨中央黨部海工會主任被派籌辦國立空中大學，擔任籌備主任一職，並為該校首任校長。可惜他的英年早逝，讓人不勝唏噓。

　　懷義兄、深勳兄和我本是同事，深勳兄雖是彰化人，與懷義兄並不是臺南同鄉，但懷義兄愛才就請他一起興學辦校。懷義兄留美，專攻教育；深勳兄留日，專攻行銷，兩人相得益彰，各發揮所長。

　　空大草創規模，他們二人共同為空大學校建立制度，培養國家人才。2 年過後，懷義兄離開空大，深勳兄繼續留在學校服務，歷任各項要職之後，並於 2001 年被選為該校校長，貢獻卓著。

　　2004 年 1 月深勳兄在校長任內退休後，轉任龍華科技大學講座教授，他可能是國立大學校長中只任滿一屆，即謙沖，為培養後進而不再續任，真可謂急流勇退校長中的一人。多年來我曾忝為空大的商學系兼任老師，與有榮焉。

　　我猶記得 1998 年年底深勳兄在擔任國立空中大學校長期間，

　　曾應我與仇桂芬小姐在中央廣播電台主持「知識寶庫」節目時的
訪問,他侃侃而談為行銷國立空中大學的創校經過與學校未來發
展。該訪問稿後來收錄在我的《近代名人文化紀事》的電子書。

　　深勳兄、進財兄與我已是多年不見的好友,老友重敘談起當
年舊事,不覺大家已屆古稀之年。大家咸感真是歲月不饒人,但
盼日後三不五時的相聚,以免重蹈會有如失去故友懷義兄的遺
憾。

(2018.07.31)

中華民國 107 歲生日感言

今（2018）天是中華民國 107 歲的生日，總統府前廣場仍依循往年舉辦國慶大會，除了有總統發表的國慶講話和表演活動之外，民間也有一些自發性的慶祝活動。

回溯 2000 年以前的中華民國國慶日，自己服務的單位總會參加在總統府前舉辦的慶祝典禮，並聆聽總統所發表的重要〈國慶文告〉。

如今隨著歲月過去，自己心境的調整，今年國慶日是把自己留在屋內，平靜地審修多年來積累的舊稿件，聊以自娛。

中午時分的時候，接到外姪傳來她到安養院探視母親的照片，心裡升起一股暖意，這種企盼已經漸漸成為我在例假日的一種心境，滿足我對自己是位「北漂遊子」的虧欠。再謝謝外姪的孝心，特別是在國慶日的對一位中華民國優秀校官的表示敬佩。

母親的年紀比中華民國小 6 歲，母親今年 101 歲，她出生時已是日本統治臺灣的第 23 年。她沒有我這一代來得幸運，能夠在中華民國的國度裡，接受完整的學校教育，這是她經常提起的一項人生缺憾。

母親一直鼓勵我們家小孩多念書，她總是克服所有的困難，她更希望我們勇敢走出家園，出外打拼，不要害怕接受社會的嚴厲考驗。

如今，先父的離世，而母親年邁的身體，又未能讓她如願地繼續守護家園。每次思及自己的北漂在外，既未能隨伺母親在側，又未能妥善守護家園，有愧對她老人家。

　　書寫至此，除了有感於今天中華民國的國慶日之外，也要對觸發本文所引用的兩張圖片特別致謝：一張是外姪與母親的合照；一張照片是出版家廖志峰先生 FB 上所貼余英時教授家園後院的美景。

（2018.01.01）

金庸筆下的家國情懷

　　我一方面翻閱著方集出版社剛寄達拙作：【拙耕園瑣記之貳】《臺南府城文化記述》、【拙耕園瑣記之參】《近代名人文化紀事》，和【蟾蜍山瑣記之壹】《文創漫談》、【蟾蜍山瑣記之貳】《生活隨筆》、【蟾蜍山瑣記之參】《生命筆記》等5種電子書的紙本樣式書來。

　　另一方面我則閱讀著報載，日前剛過世武俠小說金庸的文字敘述：「這裡躺著一個人，在20世紀、21世紀，他寫過幾十部武俠小說，這些小說為幾億人喜歡。」

　　我對金庸的認識，始於1980年代觀看臺視播出的《天龍八部》連續劇。當時我特別欣賞劇中人物喬峰的家國情懷。

　　猶記得《天龍八部》播出時段是在每星期日的晚間，而正與華視播出張小燕主持的《綜藝100》相互打對臺。

　　金庸著名的武俠小說除了《天龍八部》之外，還有許多膾炙人口的《書劍恩仇錄》、《鹿鼎記》等多部。

　　金庸不只於武俠小說的創作，近年來更已衍生出電影、電玩等知識性的文創作品，在華人世界中更是所謂「知識版權」授權的佼佼者，可與其親戚族人中具有文采的徐志摩、瓊瑤相互輝映。

　　我敬佩金庸的文采，其實還有一個主要原因。我知道金庸本名查良鏞，他是蔣復璁的表弟，蔣復璁是我們1970年代研習圖書館學、博物館學學生所熟悉的前輩。

　　蔣復璁早年即擔任國立中央圖書館籌備處主任，1940年國立中央圖書館在重慶成立以後，就擔任首任館長。1954年國立中央

圖書館在臺北重建復館，他回任館長，直到 1966 年卸任。

當國立故宮博物院在臺北重建復館，他出任首任院長，我記得當時我在輔仁大學時期還特地到歷史系修習他講授的宋史課程。

據文獻記載，金庸在 1944 年離開中央政治學校（今國立政治大學前身）之後，曾掛職國立中央圖書館一段時間，我想他的這段工作經驗，或許與他表哥蔣復璁的時任館長有些關聯吧？

在懷念金庸與蔣復璁對家國情懷的時刻，也引發我特別要對我二哥，還有今天從臺南到高雄探視高齡母親的大姊，對他們愛護家人的情懷表示敬意。

（2018.11.01）

《胡適全集》出版的意涵

　　欣見本（12）月 17 日中央研究院胡適紀念館，特別選在胡適 127 歲誕辰的紀念日出版了這套《胡適全集》，為海內外研究胡適思想者提供完整的資料文獻，也有助大家對胡適的生平事蹟有更進一步的認識。

　　這次胡適紀念館首先出版的是由潘光哲館長主編的《胡適全集：胡適時論集》8 冊，及《胡適全集：中文書信集》5 冊，未來的陸續出版，預定到 2023 年能出齊 60 冊。

　　胡適紀念館出版這套新版《胡適全集》的緣由，主要有感於胡適資料一直分散在中國大陸、美國和臺灣，長期受制於缺少人力和經費。直到 1996 年大陸安徽教育出版社展開《胡適全集》的編纂計畫，並於 2003 年完成字數 2 千萬字，裝訂成 44 冊的《胡適全集》。

　　根據胡適紀念館指出，由於政治因素，胡適故鄉的安徽版《胡適全集》並無搜羅胡適政論文字、1949 年離開大陸後發表的反共言論，以及擔任中央研究院院長時，對臺灣政治、教育、社會以及文化領域的建言。而胡適紀念館新版《胡適全集》檔案主要為胡適紀念館藏，及中國社會科學院近代史 1949 年以前的胡適檔案數位檔，並兼蒐羅自報紙、雜誌、出版品、網路等資料彙編而成。

　　中央研究院近代史和胡適紀念館有魄力的出版這套，屬於臺灣具有中華文化主體性特色的《胡適全集》，我們要為他們而喝采。尤其對一位 50 年前，就開始接受胡適思想薰陶和受其影響的我而言，更要對參與這項編輯計畫和負責出版單位的表示敬意。

回溯自己青少年時期在臺南老家和在嘉義唸書的兩地，經常為了要買和閱讀有關胡適出版的著作，找遍各大小書店而忘了自己還要面對大學聯考的壓力。儘管迄今並不後悔，但是對於始終關心我生活和學業的家人，難免要有幾分的歉意。

大學階段我寫〈胡適之著作書目提要〉，也選擇當時在中央研究院區胡適紀念館附近的國科會科學資料中心實習，也於 1960 年曾寫信給胡適紀念館，請教胡適《廬山遊記》、《人權論集》、《胡適言論集》、《時論集》等書的內容，並承蒙當時王志維先生的長文函覆，現我已將這經過完整敘述，彙集在拙作《臺灣政治經濟思想史論叢》(卷三)。

胡適在很小的時候曾隨母親來臺東，探視當時在朝為官的父親胡鐵花；1958 年胡適回臺定居，1962 年因心臟病突發，不幸死於中央研究院院長任內，時年 71 歲。

胡適的死於心臟病，和《胡適全集》的出版，讓我對於自己人生有不少的感觸，當科技與人文、醫療與生命關係的隨著年紀的增長，越來越顯得重要的時刻，不但閱讀與書寫的工作變成和時間賽跑，也對二哥、大姊、外姪宜欣等親人的無微不至照顧高齡母親聊表敬意和謝意。

我特別記下警大李顯裕教授回應：

謝謝添壽老師分享臉書上的宏文，今天下午我在臺大附近的唐山書店看到了《胡適書信集》、《胡適時論集》，編輯印刷精美，潘光哲館長在我讀碩士班時即已得識，他為人海派親切，然作學問至為精細勤奮，年輕時即在學界頗有名聲，是中研院劉廣京院士最欣賞的年輕學者，所以他編輯的胡適全集，我是非常有信心的。我們讀近代歷史、學術史的人一定要接

觸到胡適，因為他的影響太大了，而老師會喜歡胡適也是可理解的。更期待老師的《嘉南記憶》能成書出版！祝安好。

（2018.12.20）

林清玄的禪意書寫

　　日前從網路和報紙上獲悉知名作家林清玄先生遽然過世的信息，除了一方面因為對他不幸的心肌梗塞感到驚訝；另一方面則因為華人世界的文壇上又少了一名而感到惋惜。

　　我知道林清玄的大名與作品，是於 1970 年代左右在臺灣各大學校園，正流行存在主義和禪學思想的年代，我也因為撰寫〈胡適之先生著作書目提要〉（收入拙作《臺灣政治經濟思想史論叢（卷三）》）的時候，注意到胡適於 1930 年在上海亞東圖書館出版一本《神會和尚遺集》，後來該書又於 1970 年由中央研究院胡適紀念館重新整理出版。

　　也因為閱讀《神會和尚遺集》一書的關係，對於胡適敘述這位荷澤大師神會與《六祖壇經》等禪宗思想稍有涉獵，也因而推及接觸林清玄所寫，特別具有佛學禪意的散文作品。

　　1992 年拙作《為有源頭活水來》交由黎明文化公司出版，並且被選為國防部青年文庫叢書，發行到軍中作為官兵閱讀的書刊。在我的記憶裡，林清玄的「身心安頓」一書，除了當時是市場暢銷書之外，也是被選為平時軍中士官兵的重要讀物。

　　我與林先生的年紀相近，我們也都屬於北漂一族，我敬佩他從小就立志要成為一位作家，同時具有堅定意志地磨練自己的書寫能力，也屢獲大獎項無數，並且終身從事他的筆耕生涯。

　　或許社會尚有人士對於他的愛情與婚姻生活持有不同的觀點，如今隨著他的離去，這部分的爭議就有請文學評論家去做不同的詮釋。但是他的廣泛閱讀與勤於書寫的精神，還有他的大量作品，仍然留給大家無盡的返思。

（2019.01.26）

臺灣新文化運動紀念館

　　日前臺北市寧夏路 87 號建物的從日治時期臺北北警察署，到現在以「臺灣新文化運動館」的新姿態開館，正代表著臺灣走過一段追尋自由自覺歷史的艱辛歲月。

　　臺灣新文化運動館最早是 1933 年日據時期興建的「臺北北警察署」，現一樓空間，特別開放自日治時期留存至今的扇形拘留室與水牢，供民眾參觀；二樓則展出「大覺醒時代」特展，述說新文化運動時期的文學藝術成就，介紹當時文化歷史的發展軌跡。

　　由臺灣新文化運動館前身的臺北北警察署，讓我聯想到前幾年我的朋友楊健生主任的呼籲，希望臺南市政府能保留興建於 1931 年臺南警察署的臺南市警察局建物。

　　令人遺憾的是，在 2010 年臺南市縣合併直轄市的前夕，市長賴清德拍板定案將市警局北遷到新營區，而其原建物騰空，並將該建築與公 11 停車場合建為臺南市立美術館。

　　日治時期臺北北警察署與臺南州警察署建物有個共同的特徵，就是外型都類似一頂日本軍帽。如今臺北北警察署的原址與原貌都藉由臺灣新文化運動紀念館的保存下來了；而臺南州警察署的原址已被改為興建臺南市美術館，其原貌則冀望以新化分局的外型保存下來。

　　如果我們將新化分局與日治時期臺灣新文化運動人物，出身於新化的作家楊逵先生做一聯想，再串起楊逵孫女楊翠女士，日前被賴清德院長核定其代理促進轉型正義委員會的主委，或許這是一個有意義但也極為嚴肅的議題。

（2018.10.19）

礦泉水與滷肉飯現象

　　今（2018）年選舉隨著日期的逼近，各類候選人的集會活動也開始頻繁起來。昨（26）日晚上高雄市長候選人韓國瑜在鳳山舉辦一場成功的造勢活動，更引發大家關注這次臺灣的選舉文化。

　　韓國瑜這次標榜一瓶礦泉水與一碗滷肉飯的競選方式，如果能在 11 月 24 日的高雄市長選舉獲得勝利，並為國民黨在高雄市取得執政機會的話，那可說是翻轉了過去長期以來，大家對於國民黨候選人競選活動需要發大錢的刻板印象，也將打破長期以來，選民認為民進黨候選人在競選政見發表會上有激情演出的迷失。

　　回溯臺灣選舉的歷史，當可溯自日據時期 1920 年代臺灣議會設置請願運動，和 1935 年臺灣人首度爭取到象徵性地方選舉的行使投票權。儘管當時也有候選人代表「臺灣地方自治聯盟」，並在獲得當選，但畢竟那是在臺灣總督府嚴密控制下舉行的「半套選舉」。

　　1945 年 8 月日本的戰敗投降，隨著才有 10 月 25 日的臺灣光復節。隔（1946）年國民政府即在臺灣開始辦理選舉區鄉鎮民代表、縣市參議員和省參議員，惟當時仍採間接選舉方式。

　　之後，政府頒布〈本省各縣市實施地方自治綱要〉，即改為直接選舉的普選方式，例如高文瑞即當選為臺南縣的首屆民選縣長。

　　迄今臺灣已經超過半世紀的選舉文化，亦深深代表著臺灣民主化的走過艱辛歷程。尤其是 1996 年舉行的直選中華民國總統、

副總統，以及 2000 年的政黨輪替，中華民國從此不再被批評是一個「外來政權」。

我曾在我的專欄和《臺灣政治經濟思想史論叢》的書中提過，臺灣的經過民主化歷程，正代表著臺灣社會的走向本土化。本土化絕不是哪一個政黨的專利，它只要是透過民主程序，經由人民選票產生的政權，都是本土化的，都代表本土。

所以，現在臺灣所有存在的政黨，只要能在選舉中獲得選民的支持，贏得選票的勝利，它代表的就是本土政權。我們當然期望只帶礦泉水與滷肉飯的候選人，其所採取新的競選方式能獲得勝選，因為它徹底改變了臺灣選舉現象與文化。

（2018.10.28）

友人贈書有感

　　日前在臉書和群組貼出大外孫在我書房看書照片的畫面，除了許多臉友按讚的表示之外，最讓我感到意外和窩心的是，有位長期服務出版界佼佼者的友人，她回應：「真有阿公的風範」、「讀幾年級？」、「我寄書給他」。我馬上回說：「國小二年級，很喜歡看書」。

　　幾天之後，當書刊的送達，我從厚重的紙箱中取出書來，外孫兩兄弟直呼：「好棒！好棒！」。

　　其中《查理九世》這套書，特別引發大外孫興趣，主要它是一系列充滿驚險神秘，超酷炫的冒險推理小說；另外適合小外孫看的是《草船借箭》等圖畫故事書。

　　除了要謝謝贈送我書的這位出版界同學，提供這麼適合兒童閱讀的書刊之外，回想我們在 1950 年代前後出生的，就沒福氣像他們現在這樣的年紀就有機會閱讀，尤其是生長在鄉下的國小學童，更是與課外書刊無緣。也因此，我都非常珍惜閱讀的機會，更敬重寫書和出版界的朋友。

　　我自己喜歡閱讀與書寫，也有作品委由出版社發行，但也常遇到書多了之後，造成存放書本的空間容納不下的困擾，就像今天我收到友人的贈書，為了騰出地方幫外孫擺置這些圖書，我不得不忍痛送走自己的另一批藏書，這也讓我回想起年輕時期自己藏書所帶給母親及家人的困擾。

　　特別今天同時看到宜欣外姪傳來她與母親的自拍畫面，我更感念起母親對於我嗜書花錢買書，和到處擺放書本的寬容。

（2019.01.20）

紀州庵文學森林展覽參觀記

今天中午應友人之邀餐敘，見到老友杜玉振教授，經過一陣的寒暄之後，我問他還在銘傳大學嗎？他說明年即可退休；我也回答他，我已從學校退下來了。我們都為彼此的身體健康感到高興，並預定下次再見面的日期。

話說多年前我離開在臺北工作的職場，到桃園龜山的一所學校教書之後，幾乎像斷了線的風箏，很少再跟一些臺北的朋友聯繫，而大部分的時間我都留在學校，活動最多的是來回於教室與研究室之間。

回溯杜老師和我相識的經過，最投緣的是我們來自同鄉，同是臺南北漂的青年，他原任公職，後留學美國，再轉任教職。

記得他在銘傳擔任國貿系系主任期間，我曾應邀到他們系上做了一場演講。我們也常會在臺南旅北同鄉會的聚會裡見面，只是那已經是約 20 年的往事了。

餐後我們互贈禮物，我送給他的是我的近作《臺灣政治經濟思想史論叢》（卷二），我敬仰杜教授常在報章雜誌上發表評論，特別是他在經濟學方面的專業文章，也已累積不少的作品。

尤其是他近年來常在世界各地的授課，對於臺灣經濟的發展也很有心得，因此，我也邀請他如果有機會的話也為【臺灣政經史系列叢書】撰寫專書，好嘉惠士林，和為自己人生留下美好的回憶。

午後臺北的天氣雖然仍帶有些微陰雨，因為難得這空檔時刻，我揮別了朋友，獨自搭了臺北捷運，在古亭站下車徒步到紀州庵

文學森林，參觀中華民國筆會正在舉辦「走筆大世界」，紀念該會成立 90 年、來臺 60 年的展覽。

我特地拍了照片，特別是胡適、林語堂、張道藩、馬星野、姚朋等幾位的畫面，作為我準備書寫的文獻資料。

正準備離開紀州庵時，大姊剛好從群組裡傳來她從臺南到高雄，探視母親的照片，看到母親與大姊她們母女的親情畫面，更讓我想到自己多年的北漂在外，增添了許多感慨。

（2018.12.13）

橋田壽賀子的劇本

　　大姊今天下午又到安養院探視阿娘了，看到她傳來母親喝著飲料的照片，也見著母親臉上和手上的膚色和皺紋。它牽引著我記憶的繩結，母親的生活言行總是帶給我對人生意義的許多省悟與啟示。

　　母親出生在日本統治臺灣的第 23 年，也是殖民中期的大正天皇時期。母親曾經告訴過我，她在本該上學的少女年紀時，因為家境困難，不得不到家附近的派出所，幫忙照顧日本警察的小孩。

　　母親敘述的這一段經歷，至今總牽引我對今年 93 歲橋田壽賀子寫的《阿信》劇本，和後來我從連續劇裡連結到主角阿信背上揹著小嬰兒畫面。我真佩服橋田壽賀子的擅長於描寫家庭、人與人之間複雜的情感糾葛。

　　母親在年紀稍長的少女時期，為了分擔家計就轉而從事比較需要努力的「削蔗根」（臺語）工作。結婚時，父親是烏樹林糖廠的員工。隨著小孩的出生，母親要忙於家務，也要兼顧起陳家僅有幾分地的農事。所幸我們也就靠著農物的收入來貼補家裡的開銷。

　　寫到這裡，聯想到近日鬧得沸沸揚揚的「日人藤井踹臺南慰安婦像事件」，儘管已有藤井所屬日本「慰安婦的真實國民運動」協會會長在臉書上發表聲明，並表示藤井已經辭去該會職務，卻同時質疑臺南慰安婦像說明版上書寫的真實內容，盼臺南市黨部回答。

　　日本統治下臺灣「慰安婦」的存在，是一件不容否認的事實，

也是日本軍國主義殖民下臺灣人的悲哀。現在的日本政府不願意針對過去「慰安婦」的錯誤行徑向臺灣道歉,而今又有類似右翼民族主義的如藤井實彥者之流,來到臺南踹慰安婦銅像,真是令人不齒。

(2018.09.13)

八田與一紀念銅像

　　近日看到「以核養綠」公投領銜人黃士修，在絕食超過 140 小時之後，因為身體不適送醫的新聞畫面，除了對於中央選舉委員會拒收其聯署書補件的理由不解之外，讓人不難會有這樣的聯想：

　　中選會的重要成員是擔心，如果「以核養綠」公投順利成案；又年底公投真的通過的話，將會危及民進黨長期以來所高舉「廢核家園」的神主牌。

　　姑且不論「以核養綠」是否能真正為當前臺灣的缺電危機解套。回溯過去，期望透過「公民投票」的方式，以解決社會上對重大公共議題的爭端，不亦是當年民進黨在野時期所標榜政治要民主的一道神主牌嗎？

　　如果以公投來處理核能議題，將與日治時期八田與一的興建烏山頭水庫，我們可以找到一項交集，都是為了經濟發展所推動的國家建設，而最大的差別乃在於日本的殖民臺灣，強調的是經濟性掠奪。

　　因此，對於現在已經興建八田與一紀念銅像的這議題，就成為既凸顯殖民性質與現代性質的「殖民現代性」觀點，這也正是代表對於臺灣發展與變遷的一種「寬容」史觀。

　　「寬容」心態，是代表著我長期以來對臺灣發展歷史的樂觀。或許接受「以核養綠」的公投，是我對人道主義的浪漫情懷和人性光輝的信心。

（2018.09.20）

政府卻莫似夜梟

南臺灣這次「八二三水災」造成農漁業，和民眾生命與財產的嚴重損失，一般民眾想要恢復正常生活作息，恐怕不是短時間之內就可以達成的。除了百姓要合力來趕快重整家園之外，亟需要政府發揮應有功能與行政效率，來協助災民減輕痛苦，順利度過難關。

政府存在的目的，無非是要提供一個人民可以安居樂業的生活環境嗎？這讓我聯想到西元 1071 年蘇東坡在離開京城在杭州任職期間，他挖苦了政府官員中的當權派，把他們暗比喻為「夜梟」。

這「夜梟」是源於有位嶺南的太守，他帶著草擬好的一篇請求簡化徵收免役稅呈文到京城，在南返路過杭州時告訴蘇東坡說：我被「夜梟」驅逐回來了。

蘇東坡問他：你這話是甚麼意思？這位太守說：我曾攜帶呈文到京都，將呈文遞交給一位稅吏，稅吏命令武裝侍衛把我送出城。

蘇東坡看完這份奏議，發現其所提內容是一項很好的建議案，於是蘇東坡又問：你所謂的「夜梟」是甚麼意思？

太守回說：這是一則很通俗的寓言：

有一天，有隻燕子和蝙蝠吵架，燕子說日出是一天的開始，蝙蝠說日落才是一天的開始。兩相堅持不下，就決定去請教鳳凰。在路上，遇到一隻鳥說最近沒有看到鳳凰，有的說它請假不在，有的說它正在睡大覺。現在「夜梟」暫時代替它

的職位，你們去請教它也沒有用。

於是蘇東坡寫的詩中才有「奈何效燕蝠，屢欲爭晨暝」的對政局失望，遂有退隱之意。

當今水災，我們不希望臺南和高雄市政府的「代理市長」有如「夜梟」的代理鳳凰職位，而讓人民對政府的施政能力感到憤慨。

民進黨和國民黨亦莫如蘇東坡詩中「奈何效燕蝠，屢欲爭晨暝」的爭議治水，和推卸救災責任。

臺灣老百姓自己會睜眼作選擇，亦猶如「殖民現代性」史觀者與持「殖民化」史觀者，他們分別對於興建八田與一與慰安婦的銅像會有不同的看法，但是這兩座銅像卻又各分別代表「相互主體性」的意義。

（2018.08.31）

來自外公的一封信

看到【輔大圖館群組】同學，她遠自美國紐約傳來的〈來自外公的一封信〉訊息，我仔細聽了音樂的曲子和歌詞。這是 YouTube 網路上的彩虹合唱團 2019 暖心新作：來自外公的一封信。詞曲：金承志，演唱：上海彩虹室內合唱團，鋼琴伴奏：吳經緯，錄音／混音：莫家偉。

歌詞中有句：「你應該遺傳我的禿頭」，「外公」「禿頭」的字眼，讓我來「對號入座」的凸顯「外公」稱號和「禿頭」身影。

這首歌除了讓我想起我應該遺傳自外公的禿頭之外，也讓我聯想起 1978～1980 年間，這時我年約 28 歲，我有機會定期參加由馬星野先生（時任中央通訊社董事長）主持的會議，當時與會的國內重要媒體的人士，如曹聖芬、羊汝德、耿修業、姚朋（彭歌）等等。

在這些主要媒體的主管級人士當中，還有位知名但略為「禿頭」的特殊靈魂人物，就是名藝人張艾嘉的「外公」魏景蒙先生。當時他已卸任新聞局長，並從中央通訊社社長調任國策顧問之際。

新聞界大多知道馬先生與幽默大師林語堂先生是至交，在他主持的會議裡，我經常聽到馬先生會請「魏三爺」（魏景蒙是魏易的第三子，人稱魏三爺）表示意見。這時候習慣低頭在一小本子寫字的「魏三爺」才會抬起頭來說話。

以「魏三爺」輩分，和與馬先生交情，再加上他的幽默，總是讓會場笑聲不斷。特別是當時的「魏三爺」還經常陪著蔣經國

先生到鄉間走動，接地氣的了解民情，有些比較「內幕」的消息，大家都希望經由他的話中窺出端倪，和獲得進一步的證實。

魏三爺常說，把他的姓「魏」字拆開，是一千八百個女鬼，他一生要和這一千八百個女鬼糾纏。甚至於他會開玩笑說：「世界上無真學問，風塵中有大英雄。」還有他應酬多，喜歡講「黃色笑話」，但他有個：「請客時我不喜歡做主人，也不喜歡做主客，最好是人請人次次都有我。」這也凸顯他不官僚的浪漫個性。

在我蒐集魏三爺的愛情故事裡，《傳記文學》第四十三卷第六期曾轉載陳薇（春子）女士寫〈魏三爺與我〉與〈刻骨銘心憶景蒙〉的二篇文字，詳細敘述了魏三爺在生活上鮮為人知的一面。

二文中特別提到，魏三爺和她的年紀差三十多歲，魏三爺是如何幫助她走出生活的困頓，她又是如何成了這位老人的女傭、學生、愛人，為他生了孩子。魏三爺成為是她的人生中的「情人、丈夫兼老師」。

這首〈來自外公的一封信〉的歌詞，勾起我對「外公」、「禿頭」的聯想，追憶這段我與馬星野和魏景蒙兩位老前輩的逸事。

以下我特別引述與馬星野名字，和其出版自傳有關聯意涵的杜甫〈旅夜書懷〉：

細草微風岸，危檣獨夜舟。
星垂平野闊，月涌大江流。
名豈文章著，官應老病休。
飄飄何所似，天地一沙鷗。

（2019.03.02）

省立嘉義中學二三事

陳啟佑教授（詩人渡也）在臉書：「今天〔4月13日〕是母校嘉中生日～創校九十五週年校慶。有數百位校友將返校慶賀。校慶活動不少，豐富、精彩、創新！配合前〔2017〕年落成的「旭陵文學步道」，今〔2019〕年出版《嘉中校友作家作品集》及打造一個舒適的「共讀空間」，師生、校友可以在這空間看書、討論、喝咖啡。此外，還有一些軟體、硬體方面的校慶賀禮！」

我看了這則信息，感慨自己從1969年畢業的離校至今，剛好滿50年，我未曾再重遊母校——省立嘉義中學（今改國立）。

日前渡也在臉書還有篇文字略述，他和太太到新竹拜訪親戚，而他們該尊稱的三舅今已七十五歲了。早年曾在國民黨中央黨部任職，是陳水逢副秘書長的秘書。

我看了之後，在臉書給渡也回應：「弟有幸在陳水逢副秘書長的生前，曾有幾次的面緣受教，獲益良多，迄今仍常參閱其大作《戰前日本政黨史》、《戰後日本政黨政治》。睹書思人，感慨萬千。」

渡也對我回應：「陳副秘書長學養相當豐富，他同時也是政大教授，桃李滿天下。他做人謙虛、誠懇，做事負責、務實。他那一代的黨、政主管十之六七皆如此，現在的黨官、政府要員往往非如此！感謝陳教授這一段很有意義、感人肺腑的留言。」

我在中央黨部服務期間，曾經有兩位省嘉中學長當過我的直屬長官，較早的一位是蔡鐘雄，他當時是擔任組織工作會副主任；後來的另一位是蕭萬長，當時他是來接關中離開時的組工會主任職位。可惜蕭萬長任職的時間很短只有3個月，就高升入閣，擔

任國家經濟發展的更重要職位了。

另外我在中央警察大學教學期間，有位省嘉中學弟侯友宜是從警政署長調來學校擔任校長，因為當時我並未擔任一級部門的主管，所以我們在學校正式見面的機會比較少。幾年後他轉任新北市擔任副市長，今年更是剛高票當選民選的市長。

省嘉中校友中有非常多優秀的學長、學弟，但是陳水逢副秘書長、蔡鐘雄副主任、蕭萬長主任、侯友宜校長等四位，是現在我記憶中，在服務工作上與我比較直接的學長，我都很敬佩他們的領導能力和專業素養。

現在我已屆古稀年，想想自己對母校還比較有興趣和歷史意義的是，母校在詩人渡也學長們努力推動下，已經開花成果的「旭陵文學館及嘉中文學步道」，這是非常有創新的文化內涵。

很盼望自己能在短期間內有機會造訪母校，重溫學生時光的舊夢。

（2019.04.13）

難忘嘉義蘭潭之行

　　日前閱讀了名製作人王偉忠寫的〈我的臺北，爸爸的臺北〉，
文中提到「他是嘉義小孩，爸爸是空軍眷村裡的村長，第二次去
臺北，是考上嘉義中學的獎勵之旅。」讓我對那些年那些嘉義和
臺北的往事浮上心頭。

　　對於 1970 年代從雲嘉南地區北上求學的鄉下小孩而言，臺北
真是一個充滿新鮮又進步的城市。在這裡特別勾起與我有關的記
憶倒是「嘉義往事」。

　　我老家雖在臺南後壁，但它從省道向北經下茄苳、上茄苳之
後，再經緊鄰隔著嘉義縣水上鄉的水上軍用機場就可以進入嘉義
市區了。1960 年代中期我離家到嘉義念省立高中。如果認真計較
誰先進入嘉義中學就讀，我應是王偉忠的學長。

　　學校位在山仔頂上，從上方正校門口斜坡的向下俯衝便可到
達民國路的空軍建國二村（又稱東門町），亦即王偉忠所提其住家
的空軍眷區，而民國路傳統麵食燒餅街，更是嘉義地方小吃的一
大特色。

　　我班上有位同學趙宗禮，山東或浙江人，我不甚清楚，人長
得高挺，與我互動甚佳，交情甚好，他是空軍子弟，就住在這空
軍眷區的宿舍，當年我則租屋在眷區附近一戶民家二層樓房的樓
上。我人生第一次進入和了解眷區宿舍的情景，就是有幸受邀到
他家，這對於我離家在外的寄宿生感受，確實給我特別帶來溫馨。

　　由於他家居住的空間不大，後來他介紹另一位別班同學與我
認識，這位同學家不在眷區裡，或許是因為他父親不是空軍出身，

而是在嘉義市政府等其他公家單位服務，所以他家配置的公家宿舍空間較大，特別是主建築外還另外有一小房屋的空間和庭院，就成為是我們常聚會聊天的處所，有時候晚上聊到快天亮，我們才各自散去，給我留下深刻印象。

截至今日，我身邊還收藏一張當年我們 13 班同學參加學校升旗典禮的隊伍合照，穿西裝的是我的導師張強，他弟弟張健是位詩人。前排第一位是班頭，第二位正是我，第四位就是趙宗禮，高中畢業後我們就失去聯繫。他講的國語會捲舌，迄今我都學不來。

念嘉義中學期間，我還有一次難忘的蘭潭水庫紀遊。蘭潭水庫是嘉義有名的觀光景點，相傳為荷蘭人據臺時期所開鑿，為引八掌溪水入此灌溉王田一帶，有清一代雖被逐漸荒廢，但至日治末期又將蘭潭築堤為壩，作為供應嘉義地區自來水的來源。

我的初次蘭潭之行，我已經記不起我和趙宗禮是在甚麼狀況下，兩人會相約各自騎腳踏車一同到蘭潭水庫郊遊，我們又怎麼會與二位來自嘉義師範學校的女同學認識和聊天，雖然我們彼此留下好印象，但不知為何最後竟是不了了之，但不管如何當年我的蘭潭之旅卻給我留下美好回憶。

（2020.04.15）

般若心經的澈悟與聯想

近日看到高雄市長韓國瑜在媒體面前念〈心經〉的畫面，由於我嘗試深入領略〈心經〉的人生意涵，平日也喜歡聽 DVD 齊豫唱的〈心經〉，我自己也喜歡誦讀〈心經〉。

我在警大教書期間，有件很深刻印象的事，就是在有次的喜宴散會之後，如果我沒有記錯的話，該喜宴應是參加謝瑞智校長娶媳婦的餐會，承蒙當時校長謝瑞智贈送一本他的大作《般若心經的澈悟》。

或許這是謝校長生前在闡述：佛教的基本教義是甚麼？我們的苦惱在那裡？如何脫離苦海，創造幸福的人生？這是〈心經〉可以為我提供的答案。

今天看到外姪到安養院探視她外婆，同時也特別傳來她與外婆的合照，並附了下註：「阿嬤今天精神不錯，有認出我，還吃了一碗媽媽熬煮的粥」。

這讓我在喜讀〈心經〉的同時，也聯想到《心地觀經》的有首四句偈：

若有男女依母教，承順顏色不相違；
一切災難盡消除，諸天擁護常安樂。

現在我也以《般若心經的澈悟》所引來《心地觀經》四句偈的自我勉勵和警惕。

（2019.05.26）

好人半自苦中來

　　近日來在許多的場合，經常會聽到大家喜歡流傳「勿忘世上苦人多」。日昨在總統府凱道前的造勢活動中，又聽到高雄市長韓國瑜在臺上講出這句「勿忘世上苦人多」，也引起了臺下許多群眾和社會一般基層民眾的共鳴。

　　「勿忘世上苦人多」，根據林子青《弘一大師新譜》記載：

　　弘一大師初至草庵，即為所居。……聯云：
　　「草積不除，時覺眼前生意滿；庵門常掩，勿忘世上苦人多。」

　　「庵門常掩，勿忘世上苦人多。」彰顯了大師閉關修行悲智雙運的寫照。

　　幾年前，我有機會應邀到福建泉州，並且參訪了開元寺，當時令我印象特別深刻的是，在該寺園內赫然發現了立有弘一大師的石雕遺像，令我倍感親切。

　　因為在大學時期，我就喜讀陳慧劍居士所著的《弘一大師傳》。所以我在拙作《文創產業與城市行銷》和《生活隨筆》都記述了我這一段參訪的心得。

　　韓國瑜喜引用弘一大師的「勿忘世上苦人多」，也讓我常會聯想到曾國藩寫的一副對聯：

　　好人半自苦中來，莫圖便益；
　　世事多因忙裡錯，且更從容。

　　我對於「好人半自苦中來」與「勿忘世上苦人多」這兩句話

　　特別有感，或許是「好人半自苦中來」更可以貼切比喻，我自己
家族親人對於高齡母親的照顧與關懷。

（2019.06.02）

胡適、瓊瑤與林志玲

　　為了寫〈余英時的自由主義思想與兩岸思維〉一文，以早日完成《臺灣政治經濟思想史論叢》的輯錄，特別翻閱了許多相關的資料，其中找出一本胡適選註《詞選》，是 1970 年 11 月臺灣商務印書館出版的【人人文庫】特九七。

　　這書是 1971 年 3 月 15 日我在輔仁大學念書的時候，利用商務印書館舉辦優惠活動，其書價打 8 折時，花了 16 元買的。

　　回溯那時期，我正被胡適主張的自由主義思想所著迷，狂熱地買了多本有關胡適的著作，算來迄今都已經要近半百年的往事了。我翻著這本《詞選》，竟然發現書上有我的多篇練習作品。

　　還有女兒念大學時期也喜歡讀《詞選》，而且在這書上也有她查證瓊瑤作品《庭院深深》的出自歐陽修〈蝶戀花〉，和《幾度夕陽紅》的出自羅貫中《三國演義》卷頭語〈西江月〉等資料的抄錄筆跡。

　　瓊瑤作品普遍受到大家的喜愛，近日來有兩則與她有關的消息。一則是參與高雄市長韓國瑜積極推動的「愛情產業鏈」推廣活動；一則是出版家平鑫濤的過世。

　　胡適選註的《詞選》，瓊瑤的文學作品和她參與愛情產業鏈活動，也讓我聯想到名模林志玲出嫁的消息。我之所以會特別注意林志玲的有關活動報導，正是因為她父親的老家就是在臺南後壁區安溪寮，與我們是同村子長大的，也讓我們分霑了林志玲成婚的這份喜訊。

（2019.06.08）

第四部分　詩的記憶

〈鍾情〉

把生命注入愛裡，
春天蠶絲吐盡；
不是要羅曼蒂克的味，
而是鍾感於妳的情。

　1975.12.18 在湖口

〈旅行〉

我們都說：「旅行是有趣的」，
帶著維納斯的笑，
提著印度河流的水，
也宣示我們倆人的愛情給人們。
足跡被我們踏遍，
角落被我們熟悉，
地球的大只是我們倆人牽手的圓。

1975.12.18 在湖口

〈送別〉

我從妳的送別裡來，
彷彿掉落在一個別的世界─
折翼的鳥倒懸在樹上，
夜裡的嬋娟雲裡堆，
路上的行人也沒有助人普渡的臉，
這景象怎堪我的愛。

1975.12.18 在湖口

〈折翼〉

我想飛到妳的身旁，
用吱吱的聲音告訴妳：
「春天的訊息近了，我就回到妳那裏。」
可是，我像──
在冬天被凍僵折翼的鳥，
落在冰天雪地裡，
喘息道：
「我卻仍然要被留在此地。」

1975.12.19 在湖口

〈揚帆〉

我們曾一起佇立那高崗上，
看著流水的滾滾，直到海的盡頭；
我們許下的諾言：
「有一天，我們將揚帆而去」
從海的這一端到那一端，
從山的這一頭到那一頭，
我們的愛如——
海的胸襟，
山的無盡。

1975.12.19 在湖口

〈金鐲〉

妳是世界上最富的人，
雖然穿在妳身上的不是貂皮大衣，
手上帶的也不是金鐲；
但——
多少讚美，在妳身邊灑落，
多少鳥兒，在妳四周歌唱。
我說：
「妳是世界上最富的人。」
1975.12.20 在湖口

〈心田〉

妳掉落在我的心田，
在這一片空曠荒涼的原野上——
努力愛情的耕耘；
我開始輕活，
像天空浮動著的雲，
我開始茁長，
像春天裡萬物的健壯。

1975.12.20 在湖口

〈歌頌〉

和別人一樣，
我找尋愛情的路，
和別人一樣，
我編織愛情的夢。

和別人一樣，
我歌頌愛情的詩，
和別人一樣，
我專心愛情的事。
1975.12.20 在湖口

〈慰語〉

當悲哀的事來臨，
當身體遭惡魔傷害；
別人的慰語只是耳邊的風，
醫生的藥方也只是落地的灰塵；
我之所以能不悲哀，
因為我擁有我的愛；
我之所以能不死去，
因為我擁有我的愛。

1975.12.21 在湖口

〈時間〉

朋友，妳怎麼能悲傷，
朋友，妳怎麼能不急；
惱怒失意只是短時間的事，
朋友，妳總得想想：
「明天將會是個怎麼樣的天氣」。

1975.12.21 在湖口

〈好戲〉

是誰絆住了我前進的路，
是誰給了我投入這一個噩夢，
又是誰給了我挑起心中的怒氣。
是誰要我停止哭泣，
是誰不再叫我起嘆息，
又是誰拆散了我們這一場的好戲。

1975.12.21 在湖口

〈熱戀〉

請不要提起惱人的事，
當你們在熱戀時；
也請不要失意喪志，
當你們在鬥嘴之餘。
快樂的事總得我握住，
痛苦的事總得給忘記。

1975.12.21 在湖口

〈懷念〉

冬天裡的寒風，
吹落了一席地的花葉；
也帶走了大地的活躍，
惟揪不了我對妳的懷念。
風啊！
可別那麼無情，
當心被人們把妳灌醉。

1975.12.22 在湖口

〈姑娘〉

寒風，妳為什麼在夜裡呼號？
細雨，妳為什麼下得如此淒厲？
姑娘，妳又為什麼在暗地裡哭泣？
是春風吹趕著妳，
是細雨催生著妳，
是哪家男孩欺侮了妳。

1975.12.24 早上在湖口

〈悄然〉

我猛然從椅子上站起，
時光已是悄然而過；
舊的歲月去了，
新的夢仍否再來？
我的眼神投向遠方，
盡是茫然片片——
我搔一搔頭，已是白髮落地。
時光留不住，
愛卻永常駐。

1975.12.25 在湖口

〈舊戀〉

老人常憶幼兒時——
多少豪傑趣事；
我卻愛念起，
南臺灣風和日麗的天氣。
新的戀人常憶舊情時——
舊的戀人愛提新鮮事。
舊的醇，
新的真。

1975.12.25 早上在湖口

〈枉然〉

我抓著冬天往門外衝，
枉然地翻了跟斗；
春天已來到門檻，
對著我笑呵呵：
「急不得，急不得，這成個何等樣！」

1975.12.25 早上在湖口

〈靈性〉

我極力握住那一點兒的靈性，
頓然陷於整日的沉靜，
寡默不言是我的表現，
思潮萬丈卻在我腦袋跳動。

1975.12.25 早上在湖口

〈勇氣〉

我站在小小土堆上，
向人類宣示；

「不要怕邪惡，不要怕黑暗，
正義真理守在妳左右。」
我走進紛亂人群，
向人們傳遞：
「不要起懊惱，不要起怒意，
愛情關懷湧在妳左右。」
我用我的生命保證，
勝利就是勇氣。

1975.12.26 早上在湖口

〈戀人〉

夙昔的典範已經遠了──
舊的戀人也不會再回來，
聰明的人們啊！
你可曾會打著燈──
不停地在夜裡踏進？

1975.12.26 中午在湖口

〈秘密〉

我愛短短的小詩，
猶如喜歡聽細細的慰語，

230

短短小詩——
道破了我心底的秘密；
細細慰語——
溫暖了我全身的血液。

1975.12.26 在湖口

〈淚滴〉

妳的淚滴——
是插入我胸上的利刃，
妳的淚滴——
是插入我頭上的陣痛。
妳的微笑——
是掛在我臉上的皮膚，
妳的微笑——
是掛在我臉上的皺紋。

1975.12.26 在湖口

〈擁抱〉

勇敢地衝上去啊！
朋友們！
不要畏縮，不要跺腳，

美麗的花朵待你去採擷，
美妙的歌聲帶你去歌唱。
朋友們！
快！快！快！
勇敢地衝上去！
熱情愛人待你去擁抱，
廣闊田園帶你去奔跑。

1975.12.26 在湖口

〈沉思〉

把日子扼殺在沉思，
智慧的火花奔放；
我不再煩躁，
也不要喧嘩，
我只是望有片刻的寧靜。

1975.12.27 早上在湖口

〈唸詩〉

唱一首歌，
把苦悶趕出；
唸一首詩，

把精神抖抖。

生命的歌要自己唱，

愛人的詩要自己編。

1975.12.28 在湖口

〈歸處〉

南方的稻田已飄來芳香，

該回去了吧！該回去了吧！

故鄉的戀人也已把禮堂佈置完畢。

該回去了吧！該回去了吧！

在外的遊子啊！

可不要忘了……

可不要忘了……

你的歸處，

你的歸處。

1975.12.28 夜在湖口

〈離別〉

離別的時候，

總有許多的話要訴說；

見面的時候，

卻有許多話說不出；
別離愁，多感傷，相思深；
見面時，多興奮，話情綿。

1975.12.30 早上在湖口

〈感傷〉

不要沮喪，
不要感傷；
不要落淚，
不要氣餒；
大的時代，待你去創造；
大的擔當，待你去力扛。

1975.12.30 早上在湖口

〈沉醉〉

沉醉在回憶裡，
生活的畫面不再蒼白；
英雄的軼事喜歡被提起，
痛苦的往事容易給忘記。

唱這回憶的歌，

踏著童年的步伐，
老頭子可就不再寂寞。

1975.12.31 早上在湖口

〈壁上〉

壁上的時刻已抹去，
新的日曆被掛起；

舊的物景仍然在，
心地卻已成新態；
但願新的這個年，
能多留下些回憶。

1976 年的第一天在湖口

〈情人〉

可愛的情人啊！
如今——
妳出遠門旅行去，
喧嘩，煩躁已卸下，
歡樂歌唱是否能趕上？

可愛的情人啊！
如今——
我佇望在家門檻外，
焦慮，難耐已湧上，
平安快樂是否帶回到。

1976.01.01 夜在湖口

〈遠方〉

以苦笑掩飾傷痛，
以沉重伴作輕快，
向天呼呼：
「愁」落夕陽山邊。

惦念遠方的伊，
是否平安在？

1976.01.03 傍晚在湖口

〈哀歌〉

生命的哀歌被譜成，
我猶如仲夏的午時，
悶熱而死靜，

禿筆不再搖晃。

我喜歡在快樂的時候——
寫詩；
我喜愛在痛苦的時候——
沉思。
1976.01.19 夜在湖口

〈想哭〉

我想哭，
為什麼我如此的痴；
我想笑，
為什麼我是這種料。
可是——
我卻哭笑不得，
任憑愛情的火跳躍。
1975.01.19 夜在湖口

〈春風〉

春日的風，
挾下著夏天的雨；
我乾枯的身體，
帶有些微的活力。

可惱著那似火的天氣，
只怪我不該有這怒意。
1975.04.11 在湖口

〈初嚐〉

南風的拂面，
在今年還算頭一遭；
多少的人兒，
在舒服的感受中醉着。

像初次嚐到愛的甜滋味，
喜像桃花的初吐露芬芳。

湖口難得好天氣，
今日卻異往昔。
小雨停了，
陽光初露，
再把吹起南風。

1976.04.17 在湖口

〈相愛〉

相愛已是整整兩個年頭了，

我們仍然是忽聚忽離；

今天——

又是屬於我們要紀念的日子，

可是我卻只能在遠遠的地方，

和伊通個電話；

我心裡是頂難過了，

只聽到聲音，不見伊的臉龐；

心裡也是過歉疚了——

所要求的是如許多；

所付出的是此微薄。

1976.04.18　在湖口

〈漂泊〉

人人都會唱這首歌，

尤其是生長在南臺灣的人，

小的時候，

他們到處聽著；

小的時候，

他們隨時唱著。

這首歌永遠留在他們心中，

不論以後漂泊如何？

人人都會唱這首歌，

尤其是生長在南臺灣的人。

1976.04.19 在湖口

〈餘暉〉

晚飯罷，
獨倚望馬路。
過盡千車皆不是，
落日餘暉，普大地。
腸斷輔仁橋。

1971.03.15 記　仿晚唐溫庭筠〈憶江南〉

〈絕音〉

今夜愛人何處去？
絕來音。
千里遠，
懷念，
月將沉。
爭忍不相尋？
何處求：
換我心為你心，
始知相憶深！

1971.03.15 記　仿後蜀顧夐〈訴衷情〉

〈夢裡〉

別來更覺相思苦，
見面還稀。
坐享，行思：
怎得相看似舊時！

獨自客居小屋處，
摯友應知。
別後除非
夢裡時時得見伊。

1971.03.16 記　仿晏幾道〈採桑子〉

〈情愁〉

看著屋前的喇叭花，
許多相思的愁在心裡僵化，
情愁不能拿來比落花，
花有數，愁無數。

1971.03.17 記　仿朱敦儒〈落索〉

〈神仙〉

我不是神仙，
不會天堂怪事。
只是愛在國度，
努力去維護。

我不是神仙，
不會裝傻做事，
只是愛在國度，
喜歡下賭注。

1971.03.18 記　仿朱敦儒〈好事近〉

〈長夜〉

這冷夜，小阿乖，怎生睡？添被子，加衣物，枕頭兒移了又移。
這冷夜，小阿乖，怎生睡？添被子，加衣物，枕頭兒放處都不是；
着怨床鋪大，苦長夜。要怪床鋪大，長夜苦。

1971.03.19 記 仿辛棄疾〈尋芳草〉

〈半農〉

我本是個莊稼漢，

從未耕耘流過汗；
如今下田幹個活，
勉稱半農聲名好。

1978.08.05 記

補記

　　我在整理 1970 年代的【詩的記憶】舊作時，發現我當時抄錄了鳳飛飛和鄧麗君唱的〈我的心裡沒有他〉歌詞：

> 我的心裡只有你沒有他，／你要相信我的情意並不假，／只有你才是我夢想，只有你才叫我牽掛，／我的心裡沒有他，／我的心裡只有你沒有他，／你要相信我的情意並不假，／我的眼睛為了你看，我的眉毛為了你畫，／從來不是為了他。自從那日送走你、回了家，那一天，／不是我把自己恨自己罵，／只怪我，當時沒有把你留下，／對著你把心來挖，／讓你看上一個明白，／看我心裡可有他，／我的心裡只有你沒有他，／你要相信我的情意並不假，／我的眼淚為了你流，我的眉毛為了你畫，／從來不是為了他。

　　半個世紀之後，我雖知這首〈我的心裡沒有他〉的原版，是西班牙情歌〈一段戀情〉（Historia de un amor）。但直到近日我在 https://youtu.be/uYy_qDobt-4 聽了這首歌，才深入發現作曲的是巴拿馬作曲家 Carlos Eleta Almarán，演唱者墨西哥著名女歌星碧內達（Guadalupe Pineda），而且歌詞再經陳國賢的翻譯：

> 我的心肝，／你已不在我身旁。／我的內心多麼孤單與憂傷！／既然今後不能相見，／為何蒼天讓我愛你，／叫我如今受此熬煎！／我活著只是為了你／不為其他，／一心一意愛你就是我全部掛牽。／在你的吻裏我感受到愛情熾熱的火焰。

／這樣的戀情有誰曾經試嘗？／讓我吃盡了人世間苦辣酸甜。／讓我看到生活的光芒，／然後又跌入黑暗深潭。／唉，多麼黑暗的夜晚！／一切都化為幻影。

　　我是多麼陶醉於墨西哥女歌星碧內達的悅耳歌聲，和深深感受陳國賢翻譯歌詞裡的情愛真義。讓我又重新回味起 1970 年代抄錄〈我的心裡沒有他〉時所要表達的心情。

　　今天有這機會又聽了碧內達演唱的這首〈一段戀情〉，除了更能貼近我當年心境的重溫舊夢之外。現在，我特地將這首歌的歌詞附錄下來，作為 1970 年代我書寫和如今刊出舊作【詩的記憶】的最難忘補記。

（2020.04.18）

國家圖書館出版品預行編目(CIP) 資料

> 稻浪嘉南平原 : 拙耕園瑣記系列. 肆/陳添
> 壽著. -- 初版. -- 新竹縣竹北市 : 方集出
> 版社股份有限公司, 2021.08
> 　面 ; 　公分
>
> ISBN 978-986-471-311-0 (平裝)
>
>
> 863.55　　　　　　　　　　110011982

稻浪嘉南平原：拙耕園瑣記系列之肆

陳添壽　著

發 行 人：賴洋助
出 版 者：方集出版社股份有限公司
聯絡地址：100 臺北市中正區重慶南路二段 51 號 5 樓
公司地址：新竹縣竹北市台元一街 8 號 5 樓之 7
電　　話：(02) 2351-1607　　傳　　真：(02) 2351-1549
網　　址：www.eculture.com.tw
E-mail：service@eculture.com.tw
出版年月：2021 年 08 月 初版
定　　價：新臺幣 350 元

ISBN：978-986-471-311-0 (平裝)

總經銷：聯合發行股份有限公司
地　　址：231 新北市新店區寶橋路 235 巷 6 弄 6 號 4F
電　話：(02)2917-8022　　　　傳　真：(02)2915-6275